KB021569

다나이데스의 물통
—이승우의 작품 세계

다나이데스의 물통
— 이승우의 작품 세계

펴낸날 2020년 9월 28일

지은이 장클로드 드크레센조
옮긴이 이현희
펴낸이 이광호
주간 이근혜
편집 박선우 최지인 이민희 조은혜
펴낸곳 ㈜문학과지성사
등록번호 제1993-000098호
주소 04034 서울 마포구 잔다리로 7길 18(서교동 377-20)
전화 02)338-7224
팩스 02)323-4180(편집) 02)338-7221(영업)
전자우편 moonji@moonji.com
홈페이지 www.moonji.com

ISBN 978-89-320-3779-0 93860

이 도서의 국립중앙도서관 출판예정도서목록(CIP)은 서지정보유통지원시스템 홈페이지(http://seoji.nl.go.kr)와
국가자료공동목록시스템(http://www.nl.go.kr/kolisnet)에서 이용하실 수 있습니다.
(CIP제어번호: CIP2020039156)

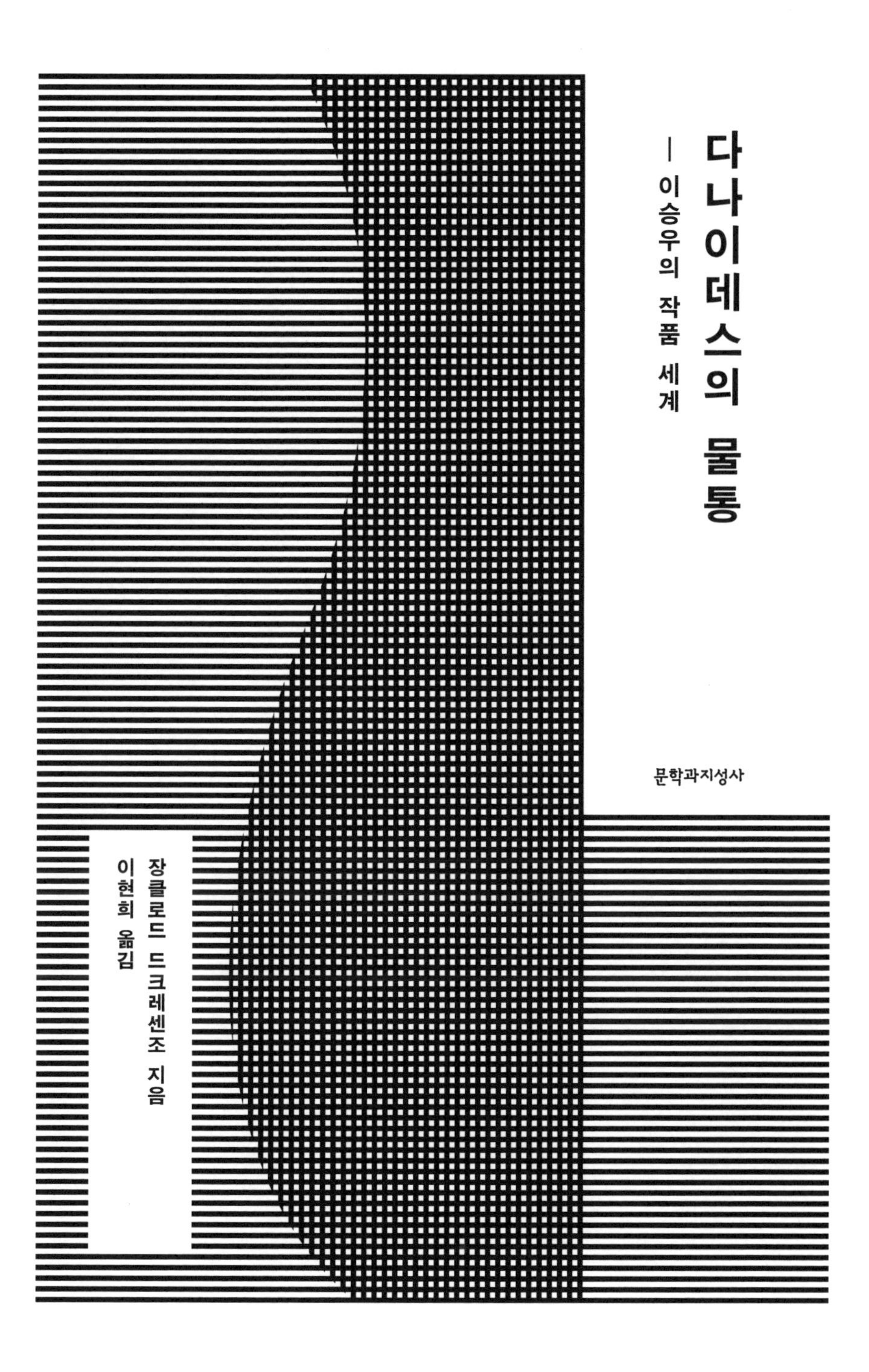
다나이데스의 물통
— 이승우의 작품 세계
문학과지성사
장클로드 드크레센조 지음
이현희 옮김

책머리에

이승우의 작품을 알게 된 것은 2000년대, 프랑스에 처음으로 그의 장편소설이 번역, 출판되었을 때였다. 『생의 이면』을 읽고 나는 이 작품이 보여준 다성성과 훗날 작가가 되는 주인공 '박부길'의 폭력성, 그리고 화자이자 그에 대한 작가 연보를 작성해야 하는 소설가 '나'의 서사에 완전히 매료되었다. 이 작가의 중요성은 적어도 나에게는 이야기의 영리한 전개에 가려져 쉽게 모습을 드러내지 않다가 점차적으로 드러났다. 이후 프랑스에 두 번째로 소개된 장편 『식물들의 사생활』이 품은 알레고리적 깊이에 빠진 나는 마침내 이승우라는 훌륭한 작가를 마주하고 있음을 절감하지 않을 수 없었다. 얼핏 보기엔 쉽게 읽히는 듯하지만 실상 이승우의 글은 독자로 하여금 끝없는 우회와 환기의 힘을 기어코 끌어내게 만드는 심오함을 간직하고 있다. 그의 작품 속에 웅크린 이미지와 상징체계들은, 먼저 우리의 의식 표면에 저절로 스며들다가 파괴의 작업을 시작하고, 다시 텍스트로 돌아갔다가 이내 우리 자신에게 되돌아갈 것을 강요한다.

이승우의 작품은 자기에 대한 글쓰기, 자아 중심적 글쓰기이지만 그렇다고 자서전으로 보기는 어렵다. 감각, 욕망, 그리고 결핍된 것에 대해 캐묻고 그 실효성을 확인하는 작품, 다시 말해 자아의 물질성에 만족하지 못하는 내면성의 글쓰기이다. 그런 의미에서 이 작가의 고유성은 우리가 소유한 감각의 보편적 특성 쪽으로 독자를 끌어당기는 데 있다고 봐도 좋을 것이다.

우리가 이승우 작가를 처음 만난 건 2009년 프랑스 엑상프로방스Aix-en-Provence에서 열린 도서전에서였다('우리'라고 한 것은 대학교수이자 번역가, 나의 아내이기도 한 김혜경 박사와 함께 한 자리였기 때문이다). 그해 내가 소속된 엑스마르세유 대학Aix-Marseille Université의 동아시아 문학 텍스트와 번역을 연구하는 아시아학연구소IRASIA와 '교차 쓰기Ecritures Croisées' 협회에서 아시아 소설을 주제로 세미나를 열었다. 이 연구소는 당시 재직 중이던 중국 문학 번역 권위자인 노엘 뒤트레Noël Dutrait 교수가 이끌었으나 현재는 중국 고전문학 전공 피에르 카제르Pierre Kaser 교수가 소장으로 있다. 그때 한국을 대표하는 소설가로 이승우와 김영하가 참석했는데, 그 후에도 만남은 파리, 리옹, 서울, 런던, 엑상프로방스 등 전 세계 여러 도시를 거치며 계속 이어졌다. 사적인 만남뿐 아니라 한국문학번역원의 지원을 받은 공적이며 문학적인 만남이 있을 때마다 나는 어김없이 이승우 작가를 엑상프로방스로 초대하곤 했다. 그리고 바로 이곳에서 그는 1년 동안 머물렀다.

작가와 수차례 나눈 인터뷰를 통해, 그의 작품을 읽으면서 내가 받은 느낌이 잘못된 것이 아님을 확인할 수 있었다. 그의 소설에는 현대 문학의 가장 본질적인 깊이가 담겨 있다.

전부는 아니지만 여기에 모은 글들 중 일부는 『현대문학』 『릿터』를 비롯해 한국의 몇몇 문예지에도 실렸던 평문을 재수록한 것이다. 책을 펴내겠다는 계획은 한참 뒤에야 빛을 보게 되었다. 그동안 이승우의 작품이 지닌 심오한 시학이 서서히 정체를 드러낼 때마다, 나는 프랑스에서 발행되는 한국 문학 전문 웹진 〈글마당*Keulmadang*〉(Keulmadang.com)에 평론을 발표하기도 했다. 이러한 일련의 작업을 통해 단편과 장편을 막론하고 서로 비슷한 점이라곤 하나 없는 이승우의 작품들이 한 가지 고랑을 파고드는 집요함을 보여주고 있다는 사실을 하나둘 발견하며 나는 무한한 기쁨을 느꼈다. 등장인물이 달라지고 소설적 정황은 변할 수 있을지언정, 두려운 진실과 머릿속을 내내 맴도는 근심, 열광을 모르는 희망에 다가서고자 하는 작가 본인의 의지와 함께 이 고랑은 확고부동한 열매를 맺고야 만다. 이렇게 연관 관계를 애써 주장하지 않아도 그의 소설들은 서로가 서로에게 응답하고 있었다. 나는 하나의 총체적 작품 앞에 놓여 있었다. 그것은 한 작가가 이룩한 작품이었다.

한 작가를 다른 작가나 특정 문예 사조, 단체에 편입시키는 데 몰두하는 평론가나 기자 들의 작업은 언제나 존재한다. 한국 현대 작가 세대에 지대한 영향을 준 이청준이 한국 현대 문학사에서 가장 중요한 자리를 차지한다고 본다면, 이승우의 경우 앙드레 지드, 헤르만 헤세, 도스토옙스키, 카프카 등 유럽 문학과의 풍부한 영향 관계를 배제할 수 없다. 낡은 대륙 유럽이 보유한 상징과 신화 체계의 교차 역시 그의 작품 세계에서 다분히 목도된다. 그럼에도 이승우라는 작가를 어떤 특정한 계통 속에 구분하여 집어넣는 것은 결코 쉽지도 가능하지도 않은 일이라고 나는 말하고 싶다. 어떤 독자들은 그를 카프카적인 작가로 분류하고, 또 어떤 이들은 그에게서 도스토옙스키를 읽어내기도 한다. 하지만 어떤 카프카를 말하는 걸까? 『변신』의 카프카? 아니면 『심판』의 카프카? 『카라마조프가의 형제들』의 도스토옙스키? 아니면 『죽음의 집의 기록』의 도스토옙스키? 쇼펜하우어와 니체 또한 이승우의 작품을 읽을 때 종종 떠오르는 사상가들이다. 끝 모르는 욕망에 빠져 자기 충동을 승화하지 않으면 안 되는 한 인간을 이야기하는 쇼펜하우어는 행복을 찾지 못한다. 그에게 인간이란 해악을 범하지 않고 삶을 관통하는 데 만족해야 하는 존재다. 이 '순수한 죄인', 원죄의 상속자는 고행을 통해서만 구원에 이를 수 있는 법. 니체의 경우, 그와 이승우의 작품 속 등장인물들은 아버지 없는 유년을 공유한다. 네 살 나던 해 아버지를 잃은 철학자, 신학 공부, 신이 없거나 아니면 신의 존재가 더 이상 통하지 않는 세상이 주는 고통을 초월하려는 의지를 우리는 읽어낼 수 있다.

이승우에게 큰 영향을 미친 요소를 한 가지만 꼽아야 한다면, 그것은 틀림없이 성경일 것이다. 다성적이며 통시적인, 그 어떤 상황에서도 부인할 수 없는 영감의 원천인 성경을 통해 이승우는 작품의 토대를 만들어나간다. 신학생이던 시절에 읽은 성경이 그의 작품 세계의 근간을 이룬다고 볼 수 있지만, 이승우는 그것을 종교적 정서라는 독점적 설명에 할당하지 않는다. 지침으로 삼고 있던 것들이 하나둘 밧줄을 끊고 달아나고, 사회적 유희들이 삶의 의미마저 바꾸어버리는 이 세상에서, 작가에게 성경은 항구적인 것, 참조의 틀, 지워지지 않는 지문의 역할을 한다. 비록 개신교의 레퍼런스가 간혹 눈에 뜨일지언정 우리는 그의 소설에서 어떤 포교의 형태도, 특정 종교 집단에 대한 옹호도 발견할 수 없다. 이처럼 이승우를 바라보는 해석의 근원이 성경에 있다고 생각하는 한, 이 책 역시 성경을 자주 언급하게 될 것이다. 또한 작가 이승우가 유년 시절 마음껏 흡입했다던 유럽 신화의 세계 역시 우리의 작품 읽기를 거들어줄 것이다. 이승우의 작품 곳곳에 퍼져 있는 신화의 세계는 이따금씩, 침묵이 더 이상 불가능해질 무렵 모종의 신호를 보내온다.

독자는 텍스트를 배반하고, 평론가는 작가를 배반하는 법. 독자와 평론가는 자기 앞에 놓인 텍스트가 그들을 미지의 길로, 어떤 알 수 없는 목적지를 향해 떠날 수 있도록 도와주어야 한다는 생각을 공유한다. 『지상의 노래』에 등장하는 '후'와 같이, 독자와 평론가는 그들이 무엇을 찾고 있는지 알지 못한다. 그들은 다만, 하늘이 비밀의 단서를 찾을 수 있도록 도와주길 희망하면서 여기저기로 떠돌 뿐이다. 나 역시 부끄러움도 순수함도 없이 이승우의 작품 속으로 성큼성큼 걸어 들어간다. 그의 작품을 이해하는 길이 결코 쉽지 않다는 걸 뻔히 알면서도, 독서란 모름지기 자유로워야 한다는 말을 위안 삼아 이승우의 작품을 읽을 때마다, 매번 그를 읽지 않고서는 안 되는 또 다른 이유를 찾아내고 나는 환호한다. 그의 텍스트가 마음껏 소리를 전해 그것들이 저지르지도 않은 범죄를 자백할 때까지 읽기는 계속될 것이다. 한번 만족을 맛보았으나 또 다른 대상을 탐하는 욕망과도 같이, 우리의 해석은 끝을 모른다. 그런 의미에서 주체성에 대한 키르케고르의 말을 인용하는 것도 나쁘지 않으리라. "객관적으로 생각할수록 우리의 존재는 희미해진다."

고백하건대, 나에게 문학적 매혹이란 어떤 것인지 알게 해준 최초의 텍스트는 성경이었다. 성경은 유년의 교구로 나를 데려간다. 내가 태어난 마르세유는 오래된 마을 여럿이 모여 도시를 이룬 곳이다. 그 시절, 마을의 일상은 여전히 성당을 중심으로 돌아가고 있었다. 일요일이면 성당은 마을 사람들의 집합소였고, 방금 어린 아이의 세례식을 마친 가족들은 성당을 나서며 허공을 향해 동전을 던지곤 했다.[1] 그러면 나를 포함한 동네 아이들이 동전을 하나라도 놓칠세라 허겁지겁 달려들었다. 성당에서 결혼식을 마친 부

1 세례를 받은 아이에게 동전을 던지는 모습은 거의 1970년대까지 프로방스 지방에서만 볼 수 있던 고유한 관습이다. 세례식이 끝나면 대부는 아이에게 동전을 던졌다. 동전은 불운으로부터 아이를 보호한다는 의미가 있었다. 대부가 동전을 적게 던진다 싶으면 성당에 모인 아이들이 다 함께 프로방스식의 이런 노래를 불렀다. "대부 아저씨가 짠돌이면, 아이는 곱추가 된다지요O peirin rascous, lou pitchoun vendras gibous."

부는 쌀을 뒤집어썼다.[2] 평일이면 우리는 성당 입구에 마련된 아담한 정원에 놓인 마리아와 요셉 동상이 축복을 내리는 성당 뜰에서 축구를 했다. 학교에 가지 않는 수요일이면, 마을 극장 뒤쪽에 붙은 작은 교실에서 교리문답 수업을 했다. 60여 년이 지난 지금, 그 방이 다시 기억 속에 피어오른다. 우리처럼 축구를 좋아한다고 말하던 젊은 사제가 매주 수요일마다 『나사렛 예수의 삶*La Vie de Jésus de Nazareth*』이라는 책자 속 에피소드를 영사기로 한 편씩 틀어주곤 했다.[3] 그때의 모터 소리가 아직도 귀에 들리는 듯하다.

종교를 넘어 그 시절 친구들의 재잘거림을 넘어, 내가 열정적으로 만나게 되었던 예수의 삶을 담은 숱한 장면들을, 그 어디에서도 다시 읽지 못할 소설과도 같은 장면들을 나는 아직도 기억한다. 물론 사제의 손을 통해 대중적 각색을 거친 성경이었으므로 모순이나 오류, 비난할 만한 장면 따위는 없었다. 하지만 기적을 일으키는 예수가 존재했다는 사실 자체가 내 마음을 뻐근하게 했다. 『나사렛 예수의 삶』, 아니 좀더 정확히 말하자면 그 책으로부터 비로소 시작된 텍스트들은 몽상과 독서로 대부분의 시간을 보내던 꼬마 녀석을 끝 간 데 없이 열린 시선으로 데려다주었다. 오랜 세월이 흐른 지금 나는 이 책 작업을 계기로 이 세상 최초의 근대 소설, 서로 어울리지 않는 시구들과 서사시의 조합 안에서 인생의 모든

2 농경 사회에서 조상 대대로 전해지는 풍습으로, 처음에는 신랑 신부에게 곡물을 던졌다가 이후 쌀로 대체되었다. 갓 결혼한 이들에게 부와 다산을 기원해주는 의미가 있다.

3 정확히 어떤 책이었을까? 너무 어린 시절 일이라 기억해내기 어렵다.

비열함이 읽히는 최초의 근대 소설 '성경'을 재발견하게 되었음을 고백한다. 천지창조가 하느님의 과업이었는지 아니면 도(道)의 문제인지 나에게는 중요하지 않다. 이탈리아 작가 에리 데 루카Erri de Luca가 그랬듯 나 역시 믿지 않으면서 성경을 읽고 있을 뿐이다.

글을 쓰는 내내 아낌없는 응원과 격려를 보내준 친구들이 없었다면 이 책을 마무리할 수 없었을 것이다. 특히 번역가의 열정과 인내심, 벌써 오래전부터 교류와 영감을 나누어온 한국 작가와 평론가 친구들, 내 삶과 글의 지원자이자 조언자인 아내 김혜경 교수, 글을 쓰라고 나를 다독이고 부추긴 아들 프랑크에게 감사를 전한다. 그리고 수년 전 우리의 만남이 시작되고부터 그의 작품을 통해 나에게 깊은 영감을 주고 있는 작가 이승우 선생에게도 감사를 전한다. 끝으로 이 원고의 출판을 기꺼이 허락한 문학과지성사와 편집부에도 감사를 전한다.

장클로드 드크레센조

차례

일러두기

1. 인명, 지명 등 고유명사의 외래어 표기는 국립국어원 외래어표기법에 따랐다. 단, 원어 발음과 외래어 표기상의 차이가 클 경우에 예외를 두었다.
2. 원문에서 이탤릭체로 강조한 부분은 이탤릭체로 표시했다.
3. 지은이가 이 책에서 다룬 이승우의 작품은 프랑스에서 번역, 출판된 것을 대상으로 하며 그 서지 정보는 다음과 같다. 단, 이 책 본문에서 이승우의 작품을 인용할 경우에는 국내 출판본을 따르고 그 페이지를 표기했다.
   - 『생의 이면』(문이당, 2013): *L'Envers de la vie,* traduit du coréen par Ko Kwang-dan et Jean-Noël Juttet, Zulma, 2000.
   - 『식물들의 사생활』(문학동네, 2000): *La vie rêvée des plantes,* traduit du coréen par Choi Mikyung et Jean-Noël Juttet, Zulma, 2006.
   - 『그곳이 어디든』(현대문학, 2007): *Ici comme ailleurs,* traduit du Coréen par Choi Mikyung et Jean-Noël Juttet, Zulma, 2012.
   - 『지상의 노래』(민음사, 2012): *Le chant de la terre,* traduit du coréen par Hye-gyeong Kim et Jean-claude de Crescenzo, Decrescenzo, 2017.
   - 『한낮의 시선』(이룸, 2009): *Le Regard de Midi,* traduit du Coréen par Choi Mikyung et Jean-Noël Juttet, Decrescenzo, 2014.
   - 『욕조가 놓인 방』(작가정신, 2006): *La Baignoire,* traduit du coréen par Choi Mikyung et Jean-Noël Juttet, Serge Safran Éditeur, 2016.
   - 『오래된 일기』(창비, 2008): *Le Vieux Journal,* traduit du coréen par Choi Mikyung et Jean-Noël Juttet, Serge Safran Éditeur, 2013.
4. 인용문의 경우, 국내 번역본을 참고한 곳은 원서 대신 해당 도서를 출처로 기재하였다. 그 외에는 이 책 옮긴이의 번역임을 밝혀둔다.
5. 각주는 모두 지은이 주이며, 옮긴이 주의 경우 '—옮긴이'로 표시하였다.

1. 감추어진 것 속을 거닐다

> "은폐와 부재 속에는 이상한 힘이 있어서 접근할 수 없는 것을 향해 마음을 돌려 거기 있는 모든 것을 정복하게 한다."
> "맞아, 어둠은 오로지 어둠이라는 이유만으로, 그 이름 없는 기다림이 우리를 성마르게 한다는 사실만으로 이미 손에 쥔 모든 걸 놓쳐버리게 하는 힘이 있지."
>
> —장 스타로뱅스키, 『살아 있는 눈*L'oeil vivant*』

이승우는 자신이 '불법 침입'과 같은 과정을 통해 문학의 길에 들어섰음을 어느 인터뷰에서 이미 밝힌 바 있다. 그는 쌍둥이 형을 흉내 내기 위해 일기를 쓰기 시작했으며, 이어서 픽션 원고들을 써 내려갔다고 한다. 그리고 동생인 이승우가 자신보다 글을 더 잘 쓴다는 걸 알게 된 쌍둥이 형은 그 길로 글쓰기를 그만두었다는 얘기다. 이 에피소드는 단편 「오래된 일기」에서도 찾아볼 수 있으며, 『생의 이면』의 「작가의 말」에서도 역시 작가의 집요한 질문은 계속된다. 모든 소설은 결국 자신의 이야기인가? 작가라는 직업에 대한 의구심, 그 스스로에 대한 의구심 자체, 그것이 작가 이승우를 이승우로 만드는 조건이자 한국 문단에서 그를 독보적인 작가로 만드는 필수 요소가 된다. 의구심을 갖는다는 것은, 멈춰 있는 것과는 다르다. 언젠가 작가로서의 소명을 확인하고 확신한다고 해도 그의 의구심은 멈추지 않을 것이며, 이것이 그의 작품 세계에 누가 되는 일은 절대로 없을 것이다. 하물며 작가 이승우는 글쓰기가 전혀 괴롭지 않다고 밝힌 바 있다. 텍스트에 등장하는 상징체계 역시 이를 방증한다. 나는 결코 여기에서 다루는 작품의 해석을 두고 불장난을 하지 않을 것이며, 의미 체계를 수집하거나 상징들을 하나하나 분석하는 일은 하지 않을 것이다. 이승우의 서사가 알레고리적 깊이를 따라 이동할수록 나는 종종 재해석의 상황에 놓인다. 그렇다면 나는 심오하고 풍요로우며 불안정한 작품 속으로, 그의 시대의 눈물로 지어진 건축물 속으로 성큼성큼 걸어 들어갈 것이다.

이 글에서 나는 이승우의 작품 세계에 빈번하게 등장하는 몇 가지 요소들을 분류하여 이름을 붙여보았다. 물론 이 요소들이 이승우의 전작을 대표하고 전체를 아우른다고까지는 말하기 어렵겠지만, 그의 작품 세계를 이해하는 데 일말의 도움 정도는 되어주리라는 기대에서이다. 이어지는 글에서는 장편소설을 각각 한 편씩 살펴보려 하는데, 단 그의 소설집 『오래된 일기』만은 다루지 않았다. 그것은 이 책이 그 안에서 번번이 길을 잃고 이미 갔던 길을 되돌아와 처음부터 다시 시작하는 일이 있어도, 긴 시간과 삶의 굴곡을 그려낸 장편들만을 대상으로 하고 있기 때문이다. 작가 스스로 선택한 소재를 끝없이 파고드는 작품 속으로, 나는 나의 입장과 시각에서 다시 헤집고 들어가야만 했다. 물론 장편소설 못지않은 울림과 여운을 남기는 단편소설도 있긴 하지만, 내가 유독 주목한 건 시간이 흘러도 낡거나 진부해지는 일 없이 지난한 확장을 향해 나아가는, 예를 들면 토마스 만의 『마의 산』과 같은 그의 장편들이었다. 긴 시간을 들여 들숨과 날숨의 시공간을 할애하는 작품을 읽을 때 나는 거기서 비로소 작가 이승우의 숨결을 느낄 수 있었다. 여타 한국 작가들과 마찬가지로 이승우 역시 단편소설 쓰기에 전념하는 모습을 보여주는 듯하다. 그러나 단언컨대, 꿈틀거리는 작가의 사유, 끝을 모르고 열려 우리에게 읽는 행위의 기쁨을 가져다주는 작가 고유의 신화와도 같은 세계가 가장 도드라지는 분야는 단연 장편소설이라고 말하고 싶다. 그의 장편 속에서 고랑은 더 깊이 파이고 강박 또한 더욱 절실하게 머무른다.

어둠과 고독

> 현실에 대한 인식은 어둠 속 어딘가에서 언제나 스며들고 있는 빛이다.[1]

1 Gaston Bachelard, *La formation de l'esprit scientifique*, Vrin, 1980, p. 13.

「도둑맞은 편지」와 같이 작품 속에 자기를 노출시킴으로써 오히려 자신을 숨기는 이승우는 어둠이라는 요소를 이용한다. 이렇듯 은밀하고 신중하며 세상의 비밀을 캐내는 것 말고는 좋아하는 것 하나 없는 작가, 설령 문학이 진실과 미덕으로 장식된 것이라 해도, 그것을 끔찍한 거짓말로 치부하는 작가에 대해 행여 알고 싶어 하는 독자에게 작가가 줄 수 있는 대답이 바로 어둠이다. "자기 얘기를 많이 하는 것은 자기를 드러내지 않는 다른 방법일 수도 있다."[2] 작가 이승우의 세계 역시 여기서 멀지 않다. 폭로는 작가의 고백에 의해 무효화되는 법이 없다. 그것을 집요하게 파헤치고 또 파헤치는 항구적 주제를 통해 넌지시 암시되며, 작가의 작업을 살찌우는 유일무이의 끈질김 속에서 폭로는 오히려 지속된다. 사람들은 흔히 작가들에게 어째서 노상 같은 책만 쓰고 있느냐고 질책하지만(다른 방법이 있을까? 여기서 우리가 다루는 건 '소설가'가 아니라 '작가'인 것이다), 이승우의 경우 정당한 근거가 있으며, 독자들도 이에 대해 반박할 수 없을 것이다. 왜냐하면 우리 앞에 놓인 건 하나의 작품, 다시 말해 의구심과 물음, 좀체 제대로 굴러가지 않는 세상 속 한 인간의 운명을 일관적이며 회귀적인 사고로 탐색하고 증명하는 한 '작품'이므로.

한 편의 완성된 작품을 읽는다는 것은 작품이 품은 향기 분자를 미세하게 분절하고, 거기서 발산되어 부유하는 또 다른 향기

2 Friedrich Nietzsche, *Par delà le bien et le mal*, trad. Angèle Kremer-Marietti, Hachette Pluriel, 1987, p. 111.

를 만나는 것일 터이다. 한 편의 소설에서 또 다른 소설로, 작품은 절대로 끝나지 않을 것만 같은 변주로, 탄성에너지로, 내성으로, 작품 속 등장인물들을 둘러싼 표층을 변화시키며 진화해나간다. 애초의 힘이 사라지자마자 어김없이 새로운 형태를 취하는 집착과는 달리 인물들은 무력감에 영원히 고정된다. 그러므로 나에게는 이제 성인이 된 한 남자의 작품 속에 박힌, 비극에 가까웠던 유년의 탈출구 찾기를 끝없이 시도하는 그 집요함의 의미가 무엇인지를 밝혀낼 필요가 있다. 물론 우회는 명백히 존재할 것이다. 작가를 글 쓰는 책상으로 유인하여 완성을 보게 만드는, 늘 새로워져야 하는 것, 또 다른 차원에서 논의될 수 있는 술책이나 책략과는 다른 것, 그것이야말로 작품의 심도 깊은 이해를 위한 열쇠가 되어줄 것이다.

이승우의 작품 속 등장인물들이 표상하는 것은 아버지(또는 삼촌), 형(또는 사촌), 어김없이 등장하는 어머니, 연인(연인으로 발전하지 않을 때도 있다) 등 닫힌 사회 단위이다. 해체되기 전의 모습이든 해체 후 재구성된 모습이든, 가족은 작품의 중심 주제가 되지 못하고 언제나 주변부에서만 머문다. 등장인물들은 이 소설에서 저 소설로 번져나가 서로 응답하면서 가족 관계를 유지한다. 닫힌 공간, 절대로 상세히 묘사되지 않는 집, 아무도 없고 언제나 어둡고 습하고 외딴 방 못지않게 닫힌 사회. 가족 구성원 사이의 관계는 종종 독성을 띠어, 골칫거리의 요인이 되기도 하고 심각함을 넘어 때로 치명적인 질병, 신체 절단 등의 요인이 되기도 한다. 가령 화자는 꽤나 규칙적으로 호흡 곤란, 결핵, 천식 등 각종 폐 질환—사회적 매개자로서의 질병—에 시달린다. 그리하여 이들은 추방, 더 정확히 말하자면 떠남을 반복하며 '환경을 바꿔'보려 시도하지만 그들을 기다리는 건 비좁은 공간, 창문 하나 없는 습한 방, 교회의 어두운 구석 등 또 다른 차원의 감금뿐이다. 사실 방의 역할은 이중적이다. 방은 화자가 세상으로부터 스스로를 고립시키는 은신처가 되어(이승우는 '*자폐적 방*'이라고 말한 바 있다), 바깥세상에서 받은 고통을 추스르거나 다친 마음을 추스르는 데 필수적이다.

이러한 고독, 작중 인물들은 종종 굳게 닫힌 장소에서 그것을 찾는데, 이는 세상사로부터의 후퇴라기보다는 쉼 없이 사회적 공간을 재결합시키는 데 들어가는, 애써서 비싼 대가를 치르지 않고도 세상의 소음 속에 감추어진 것들을 찾을 수 있도록 도와준다. "오, 고독이여! 나의 조국 고독이여! 행복하고 감미로운 네 음성이 내게 말을 건다!"[3] 에밀 시오랑은 "고통의 끝까지 겪어본 사람에게는 오로지 신이라는 라이벌만 있을 뿐이다"[4]라고 말했지만, 이승우의 고독은 도전이 아니다. 그의 고독은 침묵의 조건이다. 그 어떤 말도 고독을 지우지 못한다. 도피와 추방은 결코 단거리 여행이 아니다. 등장인물들이 결코 멀리 떠나는 법이 없어 보인다 해도, 침묵 속에서 그들은 지평선을 타 넘는다. "모든 이야기는 헛되다! 최고의 지혜는 잊고 지나가는 것. 내가 배

3 Friedrich Nietzsche, *Ainsi parlait Zarathoustra*, trad. Henri Albert, Mercure de France, 1953, p. 259.

4 Emil Cioran, *Des larmes et des saints*, L'Herne, 2007.

운 것은 바로 이것."[5]

실어증에 가까운 묵언, 흔들리는 생각의 물결에 일찌감치 추월당한 언어의 문제를 뼈저리게 인식한 인물들은 서사의 중심에 배치된 상징을 통해 사건에 질서를 잡아주고 끝없이 회귀하는 근심에 대비한다. 극도로 절제된 인물들 간의 대화는 오로지 진실의 극히 일부만을 보여줄 뿐이며, 대화가 비워진 자리에는 상징이 교묘하게 들어앉는다.

방황

> "이 동네에서 너희를 박해하거든 저 동네로 피하라. 내가 진실로 너희에게 이르노니 이스라엘의 모든 동네를 다 다니지 못하여서 인자가 오리라."[6]

카인은 땅을 일구고 아벨은 양치기가 되어 그 시대의 생산 수단들을 나누어 갖는다. 카인은 땅의 소출을 아벨은 양을 바치지만, 하느님은 아벨과 그의 제물을 반길 뿐 카인의 제물은 반기지 않는다. 질투심에 판단력을 잃고 만 카인이 아벨을 살해하자, 하느님이 카인에게 묻는다. "네 아우는 어디 있느냐?" 카인이 대답한다. "모릅니다. 제가 아우를 지키는 사람입니까?" 이에 하느

5 *Ibid*.
6 「마태복음」 10장 23절.

님은 대답한다. “네가 땅을 일군다 해도 땅은 이제 너에게 아무 권력도 주지 않을 것이다. 너는 지상의 방랑자, 도망자가 될 것이다.”

이처럼 인간의 역사는 자신의 재물을 인정받지 못한 카인의 나르시스적 상처와 거기서 비롯된 형제 살해로 시작된다. 하느님은 카인에게 방황이라는 벌을 내리면서도 카인이 살해당하는 일이 없도록 보호 표식을 찍어준다. 카인은 이렇게 인간 세계와의 인연을 끊고, 친구도 살아갈 집도 없이 떠도는 방황의 형벌을 받는다. 이제 그는 마음속에 신의 상실이라는 끔찍한 상처를 품고 살아가게 된다. 휴식의 땅을 찾아 카인은 이제 끝없이 배회하는 것이다. 발길을 멈춘다면 그는 더 이상 카인이 아니다. 저 방황의 끝에서, 카인은 에덴의 동쪽 '놋' 땅에 정착하게 될 것이다. 놋은 글자 그대로 방황의 나라라는 뜻이다. 지상 도시의 창시자 카인은 천상 도시의 창시자인 신의 또 다른 자아alter ego가 된다. 그런데 방황을 위해 봉헌된 땅에서 정착이란 어쩌면 불가능을 전제로 한 것은 아닐는지? 인류의 추구와 탐구는 이 방황 속에서 싹튼다. 자크 엘륄Jacques Ellul은 이 지점에서 도시의 건설을 읽어내기도 했다.[7]

하나의 주제음을 만들기 위해 할 수 있는 모든 변주를 동원해 끝없는 수정을 거듭하던 베토벤은, 마침내 단절도 소멸도 없으나

7 Jacques Ellul, *Sans feu ni lieu: Signification biblique de la Grande Ville*, Paris: Gallimard, 1975.

매번 새로운 하모니를 노래하게 되었고, 우리는 그의 음악을 들으며 친숙한 세상에서 빠져나와 이 탐색에서 저 탐색으로 이전한다. 변주란 이렇게 이미 익숙하면서 동시에 처음 가보는 세상으로 떠나는 일. 아껴 마지않는 장소들을 되찾기를 바라면서, 아직 읽히진 않았으나 이미 친숙한 이야기가 스스로 자리를 잡아나가는 사건을 기다리면서 우리는 작품의 굽이굽이를 지나쳐 간다. 비록 그 길이 오로지 추방으로 이어지더라도 말이다. 살던 집, 영역, 의식에서 추방당한 인간은 구원을 찾아 방황하라는 벌을 받는데, 프랑스에서의 첫 출간작인 『생의 이면』에서 그러한 방황 끝에 무덤가에 도달한 인물에게 돌연 깨달음이 찾아온다. "공간의 돌연한 이월을 경험하게 되는 경우가 그런 순간이었다"(p. 58). 끔찍한 현실을 도무지 받아들일 수가 없으므로, 과거의 흔적을 지우고 막연한 원초의 상태를 유지하도록 애쓸 필요가 있다. "현실이 행복해 죽겠는 사람은 한 줄의 글을 쓰고 싶은 충동도 느끼지 않"으므로 그는 "왜곡하기 위해서 글을" 써나간다. "그런 점에서 그의 책들은 일찍부터 마취제였다"(pp. 22~23)라고 작가는 쓴다.

작가의 당위성

한 작가의 텍스트를 횡단하는 "강박적 형상figures obsédantes"[8]

8 Charles Mauron, *Des métaphores obsédantes au mythe personnel*, Paris: José Corti, 1962.

들을 뒤쫓다 보면 각 형상들의 시학뿐 아니라 한 편의 소설에서 또 다른 소설로 끝없이 연결되는 일관된 주제를 만나게 된다. 내가 밝혀내고자 하는 시학이란, 유년 시절 이미 제기했으나 답을 얻지 못한 질문들에 대한 신화적 탐색으로 등장하는데, 그것은 사실 작가가 은폐하려는 것 속에 들어 있다. 한껏 벌어져 치료가 어려운 상처 속에 똬리를 튼 글쓰기의 역할은 카타르시스를 추구하는 글쓰기와는 다르다. 작가에게 누구나 겪는 이 혼란은 강력한 자극제가 되며, 작가는 비로소 당위성이라는 물음 앞에서 도망치지 않고 글을 쓴다. 서사의 중심에 놓이는 것은 바로 이 양면성—드러내기와 감추기—이다. 글쓰기는, 새로운 모습으로 재등장을 거듭하는 유년을 추궁하듯 등장하지만, 작가는 이렇게 등장한 것에 대해 아무 대답도 주지 않은 채 실패를 향해 달음질칠 뿐이다. 광기의 탐색이 수백 번쯤 지나간 오솔길 위를 끝없이 오가며 새롭게 거듭나는 고뇌 위로 한층 한층 쌓아 올려진 작품에서는, 그 어떤 고백도 그만큼의 무게를 가질 수 없을 것이며, 작가의 도정에 충실한 약속을 보장해주지 못한다. 20여 년 전에 씌어진 장편소설 『생의 이면』(프랑스에서는 가장 처음으로 출간된 작품으로 앞에 던진 두 가지 질문의 지지대가 되어준다)에 쓴 「작가의 말」은 앞으로 어떤 고단한 일이 기다리고 있을지 이미 아는 상황을 마주한, 글쓰기의 문턱에 들어선 한 작가의 도전을 상징적으로 보여준다. 그리하여 마치 꿈속을 헤매는 것만 같은 책 앞에서 다시 동작을 멈춘 인내심 있는 독자는, 글쓰기라 불리는 지난한 과정에서 우리가 기다릴 것도 기대할 것도 없다는 사실을 배워나간다. 허나 읽기는 배반이다. 이미 씌어진 텍스트에 맹목적으로 복종하는 것은 불가능하다는 고백과 함께 독자는 비로소 이승우의 작품 속으로 들어갈 수 있다. 이런 고백이 전제될 때 독자는 그들이 저지르지 않은 모든 종류의 과오로부터 용서받을 수 있는 거라고 나는 확신한다. 배반이 없다면, 문학은 불가능하다.

「창세기」에서 영감을 받은 그의 작품들은 신화적 면모를 띠지만, 이승우는 그 어떤 경우에도 특정 종교를 우리에게 강요하는 법이 없다. 그가 탐색하고 추구하는 것은 얼굴을 가리고 자행되는 포교의 중개물이 아니며, 그 어떤 종교적 진실도 그가 행하는 작가적 탐구에서 우위를 점하지 않는다. 하물며 세상을 바꾸겠다거나 보편적 진실을 적용하겠다는 의지 역시 작가 이승우와는 요원하다. 이승우의 탐색은 그의 방황의 산물로서, 부당한 세상을 거부하지 않고 절점과 같은 종교적이며 신성한 말들에 바치는 것 이외에 다른 목적을 찾아볼 수 없는, 스스로를 위한 내면의 탐색이다. 이승우의 문학을 또한 이토록 매혹적으로 만드는 것은 어쩌면 불만과 자기 보존이라는 두 가지 용어 사이에서 영원히 맴도는 난관에 있을 것이다.

아버지

'아버지' 또는 '부재하는 아버지'는 이승우의 작품 세계에서 중심을 이룬다. 『생의 이면』에서 아버지는 광인이 되어 차꼬를 찼고, 『식물들의 사생활』에서는 대화를 거부하며 화초 가꾸는 데만 열중한다. 「오래된 일기」와 『지상의 노래』에서는 아버지를 여읜 것으로 언급되며, 『한낮의 시선』에서는 불쑥 튀어나온 "저는 아버지가 없어요"라는 말을 통해 그의 부재는 더욱 명징해진다. 아버지의 부재 또는 아버지가 엄연히 존재함에도 부재한다고 말하는 상황은 소설 속에서 중심인물이 겪는 방황의 근원이다. 불가능해진 자기 확인으로 인해 가족이라는 '극'을 향하던 주인공의 마음은 툭 끊어지고, 이제 가족은 지옥과 비슷한 말이 된다. 그리하여 청년 화자는, 『생의 이면』에서 그랬듯 다시는 돌아오지 않겠다는 맹세를 남기고 고향을 떠난다. 그런데 이 도피는 어딘가로의 망명이 아니라 타인과 마주치지 않는 것이다. 오히려 움츠리고 후퇴하는 것에 가깝다. 그리하여 컴컴하고 습한 방이나 을씨년스러운 호텔, 지평선조차 보이지 않는 숲, 모래 구덩이에 빠지는 꿈, 산꼭대기 동굴, 초라한 다방 등과 같은 폐쇄적 공간들이 등장한다. 이 공간들은 화자에게 다분히 적대적인 마을 주민들을 비롯해 온갖 음침한 세력들의 지배를 받고 있다. 역설은, 바로 이 닫힌 공간에서 인물의 내면이 형성되고, 이 공간에서 세상을 향한 그의 시선이 살아난다는 데 있다. 한계가 분명한 공간 속에서 화자의 시선은 고정된 채 주변을 면밀히 살피고, 거기서 그 어떤 해결책도 찾아내지 못할 때 그는 이제 결정적으로 후퇴한다. 그리고 스스로의 죄수가 되고 만 인물은 이제 이탈과 광분의 조건들을 살핀다. "타인은 곧 나와 닮은 사람일 뿐"이라는 베르그송의 주장처럼 타인은 구원이 되지 못한다. 그가 처한 조건이란 타인들의 그것과 조금도 다를 바 없다. 타자가 그 어떤 탈출구도 우정도 사랑도 제공

해주지 않듯, 아버지에 대한 원초적 상실을 채워주는 것은 어디에 도 없다. "나의 고통은 나 이전에 이미 존재했다. 나는 그것을 재현하려고 태어났을 뿐"이라는 시인 조에 부스케Jöe Bousquet의 문장은 작품 속 인물들이 스스로 해체하고 축소시키려고 안간힘을 쓰는 원초적 고통을 가장 적확하게 구현한다. 고독, 최후의 은신처. 삶을 대신하는 고독은 이제 정신세계의 활동에 없어서는 안 되는 것이 된다. 세상에 존재하기, 타인들 앞에 존재하기라는 명제 앞에서 인물은 막다른 골목 앞에 발이 묶인 듯 답답해하고 어려워하는데, 바로 여기서 인간을 소외시키는 고독과 사회가 만나는 공간이 형성된다. 죄책감은 가족으로의 회귀를 부추기고(『식물들의 사생활』), 이렇게 화자는 아버지를 찾아(『한낮의 시선』), 사라진 사촌 누이를 찾아(『지상의 노래』), 아버지의 또 다른 대리인, 노아를 찾아(『그곳이 어디든』) 나선다. 그렇게 작품 속 인물은 스스로가 짠 양탄자 위에서 비틀거리는 것이다. 부재는 만남을 통해서만 해소될 수 있는 법이라지만, 모든 만남은 고독으로 이어질 뿐이며, 고독은 교환의 대상이 아니므로 만남은 고독을 더욱 벼리기만 할 뿐이다. 인물들 사이를 가로막는 벽은 의사소통을 방해하는 요소이자 타인과의 관계를 가로막는 장애물이다. 그런데 바로 그 벽 앞에서 내면으로의 탐색이 소환된다. "어린 나이였지만, 한 번도 어린아이다운 적이 없었던 그는 자신의 지긋지긋한(그는 내게 그 표현을 썼다. 그 나이에 벌써 현실에 대해 엄청나게 비극적인 상상을 하곤 했노라는 것이다) 현실을 자신의 것으로 받아들일 수가 없었고, 그리하여 상처받은 그의 자존심은 현실로부터 자신을 유폐시키기를 꿈꿨다"(『생의 이면』, p. 22).

방

『생의 이면』에서 고등학생이 된 주인공은 큰아버지의 집을 떠나 월세방을 얻어 자취를 시작한다. 옹색하고 어둡고 처음부터 세를 놓을 요량으로 본채 뒤에 허름하게 지은 방에는 하루 종일 햇빛 한 줌 들지 않는다. "아무도 들어오려고 하지 않는 이 질 나쁜 방에 대한 그의 특이한 친화의 감정은 각별했다"(p. 106). 무감각하고 숨 막히는 공간들은, 장편 『그곳이 어디든』에서 '유'가 "여관방에 들어간 유는 불을 켜지 않은 채 어둠 속에 가만히 앉아 있었다. 방 안에서는 오래 묵은 먼지 냄새가 났다. 어쩌면 아주 오랫동안 그 방이 비어 있었을 거라는 생각이 들었다. 그는 창문부터 열었다. 창문은 그가 들고 들어간 여행용 가방만 했는데 방의 규모에 비해 터무니없이 작다는 생각은 들지 않았다"(p. 55)라는 말이나, 『한낮의 시선』에서 "좁고 더러운 방과 퀴퀴한 냄새"(p. 48)라는 표현 등에서 확인된다. 절정을 차지하는 것은 물론 『지상의 노래』이다. 혼자 겨우 눕고 일어날 정도로 좁은 독방에서 어린 '후'는 한동안 살아간다.

폐쇄된 공간은 곧 창작의 공간이다. 어둠은 글쓰기라는 과정을 통해 빛으로 전환되는데, 그 전에도 작가는 어둠의 윤곽들과 어우러지며 거기에 불평하지 않는다. "사람이 노출 본능 때문에 글을 쓴다는 말은 거짓이다. 더 정확하게는 위장이다. 사람은 왜곡하기 위해서 글을 쓴다. 현실이 행복해 죽겠는 사람은 한 줄의 글을 쓰고 싶은 충동도 느끼지 않는다"(『생의 이면』, p. 23). 역설적으로, 공기조차 순환하기를 버거워하는 이 굳게 닫힌, 속으로

만 부패해가는 공간에서 주인공은 오히려 안심한다. 폐쇄된 공간에 있을 때 비로소, 악이 더욱 탄탄해지는 구토할 것만 같은 감금 상태와 밝지만 타인으로 인한 위험이 넘실거리는 외부 세계 사이의 대결 속으로 선이 다가온다. 어두운 방, 모성적 보호의 상징, 존재가 변화할 수 있도록 벼리는 장소가 주는 저주에 가까운 안전함과 대적하면서 '타인들의 지옥'이 다시 생겨난다. 닫힌 공간 밖에서 벌어지는 모든 모험들은 등장인물에게 위험한 것이지만 동시에 반드시 필요한 것이기도 하다.

다분히 의도적인 어둠 속에서 기다리고 있는 것은 '부동성 immobilité'이다. 어둠 없이는 빛이 스며들지 못하는 법("보라, 어둠이 땅을 덮을 것이며 캄캄함이 만민을 가리려니와 오직 여호와께서 네 위에 임하실 것이며 그의 영광이 네 위에 나타나리니", 「이사야」 60장 2절). 『그곳이 어디든』에는 어둠과 빛의 기다림으로 구현된 선악의 대결이 등장한다. 어둠은 다른 것들을 지켜준다. 닫힌 세상 속으로 몸을 피하는 것, 어둠의 윤곽과 하나가 되는 것, 선량한 어둠 속에 녹아들어가 감각의 본질을 되찾는 것. 자기 앞의 세상이 불만스러운 작가는 어둠 속에서 상상력을 키운다. "창조주와 같은 톤의 물질적 상상력은 어두운 질료로부터 순백의 질료를 만들어내기를 꿈꾼"다고 했듯이.[9]

9 Gaston Bachelard, *La Terre et les rêveries du repos*, José Corti, 2004.

산

한국인들의 상상 체계 속에서 산(山)이 차지하는 위상은 응당 지대하다. 남한과 북한 면적을 통틀어 한반도의 70퍼센트를 산이 차지한다. 이승우의 작품들 중 특히 최근 작들에서(『그곳이 어디든』 『지상의 노래』) 산은 너무나 흔하게 등장한 나머지 심지어 등장인물처럼 여겨지기도 한다. 『지상의 노래』에서 산이 수도원이 자리 잡은 장소일 뿐이라고 한다면, 『그곳이 어디든』에서는 모태 속 행위의 영향하에 밤에 빛을 뿜어내는 매우 적극적인 역할을 맡는다. 그러나 한국인들에게 산이 상상력을 표현해주는 도구로만 머무는 것은 아니다. 산은 또한 종교적 감정이 서린 곳이기도 한데, 가령 산을 오른다는 말은 신성성, 하늘을 향한 승천의 가장 순수하며 문자적인 표현이다. 또한 산은 위험의 원천이다. 접근하기가 쉽지 않고, 등반에 서툰 사람에게는 죽음의 위협이 되기도 한다. 사나운 맹수들의 은신처로 산이 발산하는 에너지는 인간의 그것보다 훨씬 월등하다. 또한 하늘과 땅이 만나는 장소로서 산은 신들의 거처이기도 하다. 안정적이며 변함없는 세상의 축이자 변화의 장소. 산의 정령은 산에 군림하기 때문만이 아니라 수확을 조절하는 능력을 지녔으므로 소중한 대접을 받는다. 그런데 이 산이 우리에게 호의적이지 않다면, 어떻게 해야 하나?

난관 앞에서 작품 속 화자들은 종종 당황하고 앞으로 나아가야 한다는 사실 자체에 의구심을 품기도 한다. 왔던 길로 되돌아가거나 포기할 수도 있겠으나, 이 같은 가설은 결코 실현되지 않는다. 약속이란 지속을 전제하는 법. 애초의 선택은 지속되어야 한다. 왜냐하면, 약속과 그가 앞서 가정한 것들에는 더 이상 재구의 여지가 있어서는 안 되기 때문이다. 가야 할 길이 늪이라 해도 선택의 여지는 없다. 그는 길을 늘리고, 만들어나간다.

내적 체험과 성경

문학은 유희가 아니며, 권태의 시간을 줄이고자 몰입하는 취미는 더더욱 아니다. 문학은 곧 언어이므로 내면의 존재, 개인적인 경험의 심장부에 도달하며, 그 울림에는 한계가 없다. "정신은 끔찍한 괴물 같은, 잡종의, 통제할 수 없는 감정으로 충만한 것"이라고 버지니아 울프는 말했다.[10] 때로는 통제할 수조차 없는 이러한 감정들로부터, 작품의 등장인물에게 폐쇄된 장소를 향한 필요성과 고독, 방황, 존재와 어우러지지 못하는 어려움이 솟아나며, 그것은 진행을 방해하는 진흙탕에서 스스로를 끄집어내기 위해 내면에서 길어내는 동기와도 같다. 그러나 고통의 깊은 곳에 자리 잡은 이 개인적인 경험은 너무 무거워서 어떤 도움 없이는 짊어질 여력이 없다. 그리하여 역설적으로 등장인물들이 고립되고자 하는 욕구만 더욱 강해질 뿐이다. 현실 세계로부터 등장인물을 끄집어내면서, 독서—세상에 존재하는 또 다른 방법—는 내적 체험과도 같은 후퇴의 필요성을 환기하는데, 이

10 Virginia Woolf, *L'art du roman*, trad. Rose Celli, Paris: Points Seuil, 2009, p. 72.

는 조르주 바타유가 말한 신비로운 경험과는 거의 관련이 없다. 이승우의 작품 속 등장인물의 내적 체험은 차라리 해체의 과정과 유사하다. 그것은 원천으로 돌아가서 신성불가침처럼 체험하고 주어진 상황을 만들어낸 메커니즘을 철저히 해체하는 문제이다. 『생의 이면』에서 아버지의 기능에 대해 의심하며 반문하는 '박부길'은 어쩌면 인류의 미래에 대한 근본적인 질문[11]을 30년 전에 이미 던진 게 아닐까. 그러나 의미의 탐색은 사물의 정수에 대해 질문하는 것으로는 만족을 모를 것이다. 지지대가, 앞으로 도래할 논증을 늘어놓을 초석이 필요하다. 전제 조건에 대한 물음 없이, 우리는 내면의 경험 속으로 나아갈 수가 없다. 사막에서는 아무것도 탄생하지 않는 법. 그 지지대는 '성경'이다. 독자의 적극적인 참여 없이는 읽을 수 없는 책, 하느님의 도시[12]의 지렛대이기 때문이다. 성경은 하느님의 도시와 물질적 도시 사이의 연결 고리이다. 성경은 "이름도 없이 세상을 창조한 신의 거처이다. 신은 이 이름 없는 수많은 것들을 인간의 재량에 맡기자 인간은 〔……〕 자신을 둘러싼 모든 것에 이름을 지어주기 시작했다".[13] 그러므로 성경이야말로 그 어떤 믿음도 불가능한 언어에 유리한 우주이다. 성경에는 작가가 세상을 말하기 위해 필요한 재료가 들어 있다. 종교 텍스트는 단순히 삶의 의미를 읽는 데 도움이 되는 믿음의 지지대가 아니다. 그것은 작가가 자기 작품에서 전개하는 신화에 생명을 불어넣어줄 언어의 원천이다.

11 인공 자궁과 아버지의 기능 없이도 가능한 자궁 외 임신 등을 떠올려볼 수 있다.
12 Saint Augustin, *La Cité de Dieu*, trad. Jean-Claude Eslin, Points Seuil, 1994.
13 Sylvie Germain, *Le Livre des Nuits*, Gallimard, 1985.

2. 저항과 치유
—『생의 이면』에 대하여

길이 막혔을 때는 어떻게 하는가. 가장 손쉽고 속 편하기로는 그곳에 멈춰 서는 방법이 있다. 그러나 길을 계속 가야 할 운명이라면 어떻게 해야 하는가. 몸 버릴 각오를 하고 진흙탕 속으로 들어갈 수밖에 없다. 물론 생각 밖으로 그 수렁이 깊을 수 있다. 그 때문에 길을 만들기는커녕 제 몸조차 빠져나오지 못하게 될 가능성도 있다. 그런데도 불구하고 수렁 속으로 발을 집어넣어야 하는 사람의 운명의 가혹함에 대해, 나는 지금 생각한다.

—「작가의 말」에서

이처럼 장애물이 가로막는다 해도, 변변치 않은 결과만이 기다리고 있다 해도, 불만족이 주위를 어슬렁거린다 해도 글은 써야만 한다. 비록 글쓰기를 향한 이 절박함이 이따금 모순으로 보인다 해도 문학 프로젝트는 완전한 헌신을 요구하게 마련이다. 거기에 온 영혼을 바치지 않는다면, 문학은 외설스러운 연습장처럼 결국 숨이 끊어져버리고 마는 것이다. 이런 죽음이 반복될수록 작가는 의사소통의 수단 정도로 전락해버린다. 작가의 작품이란 폭로를 요구하는 법. "모든 소설은 허구이다. 그러나 진실을 드러내기 위한 허구이다. 혼돈의 삶에 형태를 부여하기 위한 인공의 혼돈"(「작가의 말」)이거나 "창작 행위에 있어서의 표현의 문제라든지 상상력의 제한과 같은 민감한 주제"(p. 104)인 것이다. 이 점에서 이승우 작가의 『생의 이면』은 화자/저자/구경꾼의 고백이 삼중으로 켜켜이 '조직화된 혼돈'의 전형이 되어줄 거라고 나는 믿는다.

작품 줄거리

한 소설가('나')가 어떤 작가(박부길)에 대한 글을 써달라는 청탁을 받는다. 그러나 그의 작품을 거의 읽지 않았다는 이유로, 그의 작품에 대해 잘 알지도 못하면서 그 작가를 말할 수는 없다는 이유를 대며 거절한다(비록 피에르 바야르는 『읽지 않은 책에 대해 말하는 법』[1]이라는 책을 쓰기도 하였으나……). 그럼에도 편집자에게 진 신세를 갚는다는 의미에서 화자는 결국 청탁을 수락하고 인터뷰차 유명 작가 박부길을 두 차례 만난다. 이 기획의 의도는 '그의 문학을 둘러싸고 있거나 그 안에 틀고 앉아 있는 삶의 궤적들이 담긴 글들을 알기 쉽게 재구성하고 거기에 화

1 Pierre Bayard, *Comment parler des livres que l'on n'a pas lus?*, Minuit, 2007.

자가 조사로 얻은 것들을 덧붙이는' 것이다. 이 때문에 다른 작품의 파편들이 일종의 플래시백flash-back처럼 끼어들어 독서 경로를 번번이 이탈시키는 이 소설은 읽는 이의 각별한 집중력을 요구한다. 정녕 우리가 읽고 있는 것은 박부길의 인생사인가 아니면 독자에게 제공된 허구의 서사인가? 두 겹의 속임수가 우리 앞에 버젓이 놓여 있다.

속임수는 여기서 그치지 않는다. 화자는 자신이 참고한 문학 서적과 소설의 일부, 그리고 그가 딴 인터뷰 내용을 뒤섞어놓기까지 한다. 예를 들어 앙드레 지드의 『지상의 양식』 등 다른 사람이 쓴 작품 제목을 차용하기도 하고, 박부길이 쓴 것으로 나오는 작품 인용문들이 독서를 즐겁게 방해하거나 여정을 부풀릴 때도 있다. 화자는 한 가지로 규정하기 어려운 애매한 위치와 허구적 거리에 아주 능숙한 방식으로 자신을 위치시키며, 그 어디에도 얽매이지 않은 독립적인 입장에서 박부길을 관찰하면서 보고서를 작성해나간다. 그리고 이 방법으로 인해 화자가 인터뷰를 통해 밝혀내고자 하는 비밀의 층은 더욱 두터워진다. 이 책의 독특한 편집 방식 또한 이 작품의 능수능란한 구성을 거든다. 본문보다 작은 인용문들의 활자는(한국어 원서 판본은 그렇지 않지만 프랑스어판에서는 인용문의 활자가 현저히 작다) 독자의 시선을 끌기도 하지만, 동시에 휴지를 유도하기도 한다.

이런 일련의 과정을 통해, 처음에는 청탁을 마뜩잖아 했었지만 박부길의 생애가 점점 드러나면서 화자는 작가 박부길의 내면세계를 이해해나가는 이야기가 담긴 원고를 써 내려간다. 그리고 그의 내면세계라는 것은 이승우 작가가 「작가의 말」에 썼듯, '수

렁'에서 과연 멀지 않다.

아버지, 이번에도 변함없이

작품 세계의 모태가 된다고 생각하는 텍스트 원형 연구에서, 등장인물의 병력(病歷)에서 발생하여 작품의 골격을 이루게 되는 일종의 '고르디우스의 매듭'[2]을 발견하고자 하는 유혹은 현실적이다. 이승우의 경우, 아버지의 부재는 작가의 전 작품에서 일관되게 발견되는 주제로서 모든 이야기의 신호탄 기능을 한다. 이 작품 역시 아버지의 부재를 중심으로 공전하며, 서로 닮은 듯 닮지 않은 변주로 번역된다. 이 작가는 어쩌면 아버지의 존재 혹은 아버지의 부재라는 인간 세계의 낙인을 고갈시키겠다는 신념을 가지고 글을 쓰는 게 아닐까.

고인 물과 같은 벽촌, 그리고 감나무가 한 그루 서 있는 뒤란의 어둡고 습한, 별채라 부를 것도 없는 헛간처럼 생긴 작은 방, 뼈만 남은 앙상한 몸에 얼굴이 온통 털투성이인, 손톱이 아주 긴 한 남자가 밤이나 낮이나 차꼬에 묶인 채 살아가고 있다.

소년 박부길은, 고등고시 공부를 위해 집을 떠났다는 아버지가 시험에 합격하는 대로 돌아올 거라 기대하며 그의 금의환향을 기다린다. '출세'에 대한 집착, 그리고 눈부신 미래를 보장해

2 전설 속의 매듭. '대담한 방법을 써야만 풀 수 있는 문제'를 의미한다.

줄 학업을 그만두게 된 사정에 대한 애석함은 이승우의 다른 작품 『지상의 노래』에도 등장한 바 있다. 아버지는 '언젠가' 또는 '조만간' 돌아올 거라 이야기될 뿐 이 기다림은 어느 한 지점에 고정되는 법이 없다. 아버지의 부재를 둘러싼 거짓말은 거짓말의 주체가 누구냐에 따라 번번이 달라진다. 끝이 보이지 않는 기다림이 소년을 성마르게 해서 훗날 소년은 타인들과 관계 맺는데 서투른 어른이 되고 만다. 소년은 이렇게 타인들과의 약속을 의심하면서 동시에 약속에 매달리는 사람이 된다.

나무에서 떨어진 감을 주우려 할 때면 소년은 차꼬를 찬 남자가 있는 방 앞을 지나야 했다. 떨어진 감을 줍는 것, 그것은 금령이다. 큰아버지에게 야단맞을 때 감은 처벌의 오브제이지만, 큰어머니가 위로로 건네는 감은 상냥한 보상의 오브제가 된다. 그런데 정작 소년에게 금지된 것은 감이 아니라 차꼬를 찬 남자를 만나는 일이었다. 그는 소년 박부길이 얼굴 한 번 본 적 없는 아버지다. 절에서 공부를 하고 있는 아버지가 언젠가는 두 손에 고등고시 합격증을 들고 높은 사람이 되어 돌아올 거라고 굳게 믿고 있는 소년에게 아버지가 마을 전체를 위협하는 존재가 되었다는 진실은 절대 비밀이었다. 소년의 믿음과는 달리, 몇 번인가 난동을 부린 아버지는 광기에 완전히 휩싸여버렸다. 정상에서 벗어난 사람들은 언제나 소외의 대상이 되어야 한다고 생각하는 마을 사람들은 위험한 인물이 되어버린 소년의 아버지에게 차꼬를 채워 감나무 한 그루가 지키고 있는 뒤란의 별채 안에 동물처럼 가두었다. 그런데 그의 발에 채워진 차꼬가 우리에겐 낯설지 않다.

> 이는 여러 번 고랑과 쇠사슬에 매였어도 쇠사슬을 끊고 고랑을 깨뜨렸음이러라. 그리하여 아무도 그를 제어할 힘이 없는지라. (「마가복음」 5장 4절)

남자를 마을 전체로부터 격리시킨 차꼬. 그러나 다른 각도에서 본다면 차꼬는 오히려 남자를 집안 식구들 곁에서 떠나지 못하도록 붙들어두는 도구이기도 하다.

내막을 알지 못한 소년이 감을 구실 삼아 차꼬를 찬 남자를 보러 가고, 조금씩 소년은 부재하는 아버지의 자리에 뒤채에 감금되어 있는 골방 남자를 들여놓는다. 아버지에 대한 갈망이 너무나 큰 나머지 날마다 그와 이야기를 나누고 비록 차꼬를 차고 있을지언정 그를 아버지라 여기고 싶어 한다. 이렇게 아버지라는 이미지가 아버지의 실재를 밀치고 들어앉는다. 반면 소년 박부길의 주변은 온통 침묵뿐, 그 침묵 속에서 사람들은 소년을 배반한다. 부재하는 아버지를 둘러싼 침묵, 어머니의 침묵, 감을 주우면 안 된다는 금령의 침묵, 아버지의 운명에 대한 마을 사람들과 가족들의 침묵. 소년의 아버지라는 번거로운 존재에 대해 마을 전체가 침묵으로 단합한 형상이다. 서열을 중시하고 유교 문화의 전통이 뿌리 깊은 한국 사회에서 장애인, 광인 등 주변인들은 이렇듯 동정심 혹은 철저한 배척에 의해 무거운 침묵에 둘러싸이거나 숨어 사는 처지가 된다. 소년 박부길은 이제 누구를 믿어야 하나. 소년은 어머니와 마을 사람들 그리고 큰아버지가 장막을 친 현실 속에서 닻을 내릴 곳을 찾지 못하고, 부유하는 말들 사이에서 정처 없이 흔들린다. 구성원 모두가 거짓말을 하는 집단 속에서 소년은 자기 자리도, 믿음도 찾지 못한다.

어느 날 아버지/골방 남자가 소년에게 손톱깎이를 가져다줄 수 있겠느냐고 부탁한다. 큰아버지의 권위에 도전이라도 하듯 소년은 큰아버지의 손톱깎이를 몰래 가져다가 남자에게 전해주는 모험을 감행한다. 그리고 다음 날, 아버지/골방 남자는 피를 흥건히 뒤집어쓰고 죽은 채로 발견된다.

소년의 어머니는 교회 전도사와 새 살림을 차리기 위해 아이를 버린다. 적어도 소문은 그러했는데, 소문을 믿은 소년의 운명은 이제 고독 속에 그리고 복수의 욕망 속에 봉인된다. 고향 마을에서 탈주하기 전, 소년은 야트막한 고개 위에 버려진 교회당에서 땅바닥에 떨어져 있던 나무 십자가를 본래 자리에 똑바로 세우고 한동안 바라보다가, 자신이 일으켜 세운 십자가 앞에서 오랫동안 누워 있는다. 이윽고 몸을 일으켜 세운 소년 박부길은 가방 속에서 책과 노트를 꺼내어 자신이 간접적으로 살해한 아버지의 무덤 앞에 두고 불을 붙인다. 이 결정적 행위는 실로 다양한 상징을 내포하고 있다. 소년의 책과 노트를 불쏘시개 삼아서 방화가 시작된다는 것은 지금까지 얻은 경험 세계의 종말뿐 아니라 어른들의 세계로부터 전달받은 지식을 더 이상 믿지 않겠다는 당찬 선언이다. 부재하는 아버지와의 원거리 의사소통 수단이 되어주던 미메시스적 사물인 책과 공책을 불태우며, 소년은 어른들의 힘이랄 수 있는 '상속'의 흔적을 지우고 그를 입양한 가족과의 마지막 끈을 파괴한다. 어린 부길이 파괴하는 또 한 가지는 그 스스로가 희생자였던 거짓말의 세계이다. 책과 공책으로 상징되는 아버지는 위험한 존재였으므로 공동체에서 사실상 추방되었다. '신을 버린 사회의 운명을 나는 더 이상 믿지 않는다.' 집과 고향을 떠난 소년에게 이 문장은 다가올 삶을 위한 길잡이가 된다. 이로써 그의 십자로가, 구원을 향한 박부길의 길이, 차례차례, 비록 순조롭지는 않을지라도 시작될 것이다. 형식은 달라도 구원을 향한 갈망은 『지상의 노래』에서도 등장한 바 있다. 아버지의 정체를 알지 못한 채, 가야 할 길에 대한 뚜렷한 좌표도 없이 소년 박부길은 사회적 자폐에 스스로를 가둔다. 그가 타인과 맺는 관계는 언제나 위태위태하다. 그것은 이승우가 종종 언급하는 릴케의 문장에서 드러나는 위협의 얼굴과 닮아 있다. 릴케가 이렇게 말하지 않았던가. "사람들이 벽에, 전조등에, 벽보가 붙은 기둥에 붙어 있다. 아니면 그들이 거리를 따라 천천히 흘러내린다. 더럽고 칙칙한 흔적을 남겨놓으면서"(『말테의 수기』).[3]

부성의 기능이란 절대 권력으로부터 자연과 사회의 법칙에 소년이 적응할 수 있도록 해주는 통과의례를 보장하는 데 있을 것이다. 이 통과의례는 어머니와 아이 사이의 애착 관계를 떼어놓는 금지자의 역할을 수행하는 아버지가 비폭력적이며 자기애를 바탕으로 할 때, 그리하여 도덕적 안전을 보장할 때 더욱 견고해진다. 이때 아버지의 이미지가 올바로 구축될 수 있도록 도와주

3 Rainer Maria Rilke, *Les Cahiers de Malte Laurids Brigge*, trad. Maurice Betz, Paris: Édition Emile-Paul, 1947, p. 40.

는 것이 바로 어머니의 역할이다. 물론 이 통과의례는 소년 박부길에게 결코 쉽지 않다. 소년은 "어머니는 없다"(p. 44)라는 조건을 통해 어머니와의 결속/아버지와의 경쟁 관계에서 비로소 벗어난다. 참고로 장편 『한낮의 시선』의 '나'는 반대로 이렇게 선언했다. '나는 아버지가 없다.'

소년 박부길을 맡아 기르는 것은 큰아버지이지만 그의 유일한 지표는 어머니이다. 그러므로 이 작품에서 어머니는 결속과 금기라는 이중의 역할을 맡고 있다. 아버지가 뒤란의 별채에서 차꼬에 묶인 채 살아가는 것은 (어느 정도 강제된 것이긴 해도) 동의에 의해 얻어진 결과이다. 아버지의 부재에 대한 어머니의 일관된 침묵은 소년에게 갖가지 물음을 불러일으키기에 충분하다. 아버지를 되찾고 싶은 욕망은 그의 부재로 인한 단순하고 당연한 결과로 해석될 수도 있겠지만, 부길이 제기하는 것은 전혀 다른 차원의 문제이다. "내 물음은 이렇게 생긴 사람과 저렇게 생긴 사람, 또 여기 있는 사람과 저기 있는 사람 가운데 누가 내 아버지냐는 뜻이 아니었다. 내 말을 들은 사람들은 모두들 그렇게 받아들였지만, 아니었다. 나는 진정으로 아버지가 어떤 존재인지를 몰랐다. 열대 지방의 아이들이 얼음의 존재를 모르듯이, 네안데르탈인이 컴퓨터의 존재를 알 까닭이 없듯이, 그렇게 아버지가 무엇인지를 알지 못했다"(p. 39).

정신분석학에서 오랫동안 논의해온 질문이 이것이다. 아이가 아버지의 기능에 대해 궁금해한다는 것은, 사실 아버지의 유용성이 아니라 가치가 무엇인지 알고 싶어 한다는 것이다. '명재'는 혹날 『한낮의 시선』에서 이렇게 말할 것이다. 어머니가 자녀의 모든 요구를 충족시킨다면 아버지는 무엇 때문에 필요할까? 아버지가 언어를 위해 소용된다면, 우리는 대답할 수 있을까? 요셉은 천사 가브리엘의 언어로 자신이 아버지라는 것을 알게 되지 않는가? 언어에 의해 아버지는 아버지의 기능을 담보한다(이 말은 다시 한 번 논쟁의 대상이 될 수 있다. 아버지가 있으려면 남성이 있어야 하는 것인가?). 언어는 아이의 몸을 어머니의 몸에서 분리한다. 아버지는 어머니와 아이가 공유하는 즐거움의 욕구를 잘라내며(감히 이렇게 말해도 된다면), 이런 이유로 어머니의 몸과 그녀의 영향에서 분리된 아이는 다른 곳을 원하고 사랑할 수 있게 된다.

자살은 신과 인간 사이의 결별이다. 의도하지 않았다 해도 아버지의 손에 자살 도구를 쥐여준 소년에게, 아버지의 한시적 부재에 뒤이어 결정적이며 궁극적인 부재가 찾아오면서 부재와 죽음의 폭력이 찾아든다. 아버지의 무덤에 불을 지른 것은 유년의 종말에 대한 지표이자, 동시에 타인과의 관계에 영원히 적응하지 못하는 그가 새로운 삶을 향해 나아갈 때 지불해야 하는 대가의 표식으로 봐야 할 것이다. 박부길은 소년에서 청년이 되면서 현실 부적응증의 또 다른 양태인 작가가 된다.

고향

박부길이 고향 마을에 대해 느끼는 적대감의 근원은 아무래도 사람들이 그에게 진실을 감추었다는 데서 찾을 수 있을 것이다. "누구에게나 있게 마련인 고향에 대한 애틋한 향수 같은 것이, 안타깝게도 내게는 없다. 이 나이가 되도록 소설을 쓰고 결혼을 하고 아이를 낳으며 살아오는 동안 다시는 그 흐리고 탁한 물속으로 되돌아가고 싶지 않다고, 나는 수없이 많은 다짐을 스스로에게 하곤 했다. 지금까지의 나의 삶은 그곳으로부터의 필사적인 탈주였다"(pp. 19~20).

장편 『그곳이 어디든』에서도 확인된다. "어디나 고향이기 때문이 아니라 어디나 타지이고 이방이기 때문에 그곳이 그곳이었다"(p. 27)라고.

고향으로부터의 탈주란 아버지가 없는 집, 자신의 것이 아닌 집으로부터의 탈주, 유년의 모든 희망과 환상과는 너무나 거리가 먼 장소로부터의 탈주이다. 이 작품 속 인물들이 거쳐 가는 다른 모든 공간과 마찬가지로 이 집에 대해 우리는 아무것도 알지 못한다. 이승우의 작품 속에는 공간의 시학[4]이라는 게 없다. 그의 작품 속 공간은 중심인물을 제외하곤 그 누구도 허락하지 않기 위해서 최대한 비좁은 곳이어야만 한다.

소년 박부길의 탈주는 아버지의 상징적 살해로 시작된다. 단지 '죽여야만' 하는 게 아니라 불태워야 하는 아버지. "제 아비의 무덤에 제 손으로 불을 지른 경험을 한 사람이 아니면 우상의 파괴에 대해 말할 수 없다"(p. 82)라고. 부길은 또 이렇게 덧붙인다. "아버

4 Gaston Bachelard, *La poétique de l'espace*, Presses Universitaires de France, 1957.

지는 내 부끄러움의 뿌리이고, 내 치욕과 증오의 원천이다"(p. 60).

이처럼 미래에 작가가 될 인물의 삶을 채우는 것은 부재이며, 부길에게서 우리는 부재를 채우려는 노력을 발견하지 못한다. 부길이 찾고 싶은 것은 출발점이다. 악이 시작되는 곳, 사회적 악에 동반된 개인의 악. 왜냐하면 고통은 자발적으로 발생하지 않으며 개인적 성향에서 발생하는 것도 아니기 때문이다. 고통은 언제나 사회적으로 구성된다. 소년 박부길은 사회시스템 속에서 고통받지만, 문제는 그 시스템 역시 고통의 한복판에 놓여 있다는 데 있을 것이다. 박부길이 감행한 결정적인 행위는 그동안 수동적인 자세로 감내해온 사회적 제약들에 대한 종말 선언이다. 이런 면에서 아버지의 무덤을 대상으로 한 방화는 자기 분석 행위의 시발점으로 해석될 수 있다. 박부길은 이제 그의 반응, 그의 욕망, 그의 원천적 부재를 이해해보려 기억 속으로 달려들어간다. 하지만 이해는 이해에 그칠 뿐 근본적인 치유가 될 수 없다. 자기가 저지른 과오에 대해 정의의 사도가 될 수 없듯 그는 제 영혼을 스스로 치료하는 의사가 될 수 없다.

불과 생명

이승우의 전 작품에서 아버지는 광기에 사로잡혀 있다. 아버지는 부재하거나 구실을 다하지 못한다. 단편 「오래된 일기」에서 얼음과자를 사 먹기 위해 아버지의 지갑에서 돈을 훔친 어린 시절의 '나'는 무의식적으로 아버지가 사라져버렸으면 좋겠다고 바란다. 그리고 바로 그날, 아버지는 갑작스러운 사고로 세상을 뜬다. "신화는 사실의 영역이 아니라 믿음의 영역에 있"(p. 84)어서, 우리가 세상에 절망할 때 신화는 모습을 드러낸다. 좁은 길목에서 라이오스와 마주친 오이디푸스는 길 비키는 문제로 시비가 붙어 결국 그를 살해한다. 그가 친아버지인 줄 알아보지 못하고 죽인 것이다. 이와 마찬가지로 소년 박부길은 손톱깎이를 가져다줌으로써 아버지의 자살에 일조하게 된다. 아버지의 무덤을 파괴하는 것은 신화의 완성이라 볼 수 없다. 신화는 또 다른 형식들로 재구성되며 다시 태어난다.

책과 노트는 세상에 대한 지식과 귀속을 살찌우는 데 사용되는 도구이다. 불은 파괴와 정화의 도구지만, 「출애굽기」(13장 21절)에서와 같이, 가야 할 길이 어디인지 알려주는 나침반이기도 하다. 여호와는 불의 형상을 하고 시나이산에 나타나 모세에게 십계명을 전달하지만, 소년 박부길의 불, '소각'은 반대로 전달 불가능성을 상징한다. 소년은 자신에게 아무것도 전해주지 않은 아버지의 모든 것을 태워버린다. 어떤 면에서 아버지를 두 번 죽이는 것으로 볼 수도 있을 이 행위를 통해 박부길의 삶은 비로소 가능해진다. 그의 기억 속에, 아버지는 없다. 장편 『한낮의 시선』에서도 그렇게 그려냈듯이.

배반, 글쓰기의 원동력

『한낮의 시선』에서 서른 살이 된 화자는 심리학 교수를 통해

'아버지는 죽기 전에는 없어질 수 없다. 어떤 경우에는 죽어서도, 죽은 채로 있는 게 아버지다'라는 폭로와 같은 말을 듣게 되고, 이로써 화자에게 아버지에 대한 증오심은 그대로 남겨진 채 기다림과 기대라는 희망이 생겨난다. 원초적 배반은 아이가 세상 속으로 나아가기 위해 갖고 있던 신뢰를 무(無)로 만들어버렸다. 그런데 『생의 이면』에서는 신뢰의 자리에 갈등이 대신 들어선다. 이 작품에서 원초적 배반을 형성하는 것은, 뒤채에서 차꼬에 매인 채로 분명히 존재하지만 부재하는 아버지, 가족뿐 아니라 마을 전체가 음모에 가담해, 아버지의 존재와 부재를 둘러싸고 드리워진 침묵의 무게이다. 이어서, 마을에 번진 소문에 따르면 전도사와 함께 살기 위해 아이를 버린 거라던 어머니로 인해, 배신감은 머지않아 두 배가 된다(이 점에서 전도사 역시 배반에 간접적으로 가담한다고 볼 수 있다). 배반 행위가 배반자와 배반당하는 자를 이어주지만, 여기서 배반당한 자가 할 수 있는 일이란 분노를 스스로에게로 되돌리는 것뿐이어서 박부길은 이렇게 생각하게 된다. 만일 사람들이 그에게 진실을 감추었다면, 그것은 그에게 진실을 알 자격이 없기 때문이라고. 그에게는 타인의 신뢰를 얻을 자격이 없기 때문이라고. 이 과정은 소년의 내면에서 죄책감으로, 그리고 자기를 향한 처벌로 번식한다. 화자가 죄책감을 느끼는 이유로 우리는 여러 가지를 들 수 있을 것이다. 어째서 사람들은 소년에게 아버지의 운명에 대해 솔직히 말해주지 않았을까? 어째서 소년은 차꼬를 찬 광인에게서 아버지를 보지 못했던 걸까? 어째서 소년은 자살 도구로 손톱깎이를 가져다 달라는 아버지의 요청을 거부하지 못했던 걸까? 어째서 마을 사람 전체가 소년을 속였던 걸까……?

어린 나이의 화자, 그리고 성장 중인 그의 인식은 이 모든 것을 설명해주지 않는다. 배반감 속에서 죄책감이 형성되고, 인간에 대한 신뢰가 깨어져버린 이 시점부터, 스스로를 향한 신뢰마저 위기에 처한다. 그는 현실과 비껴난 관계 속에서만 살아갈 수 있게 되는 것이다. 이제 박부길은 방황과 탐색을, 사랑과 사랑의 대상을, 애착과 구속을 구분하지 못한다. 그는 "되도록 신속하게 뒤란을 빠져나와 자신이 그곳에 갔다 왔다는 흔적을 지워야"(p. 65) 하는 사람이 된다.

배반당한 소년은 마치 해결 방법을 모색하듯 도망친다. 통상 우리는 방황을 통해 사람들과의 만남을 이어나가지만, 박부길의 경우 고독과, 음습하고 어두운 방 안에서 손에 닿는 책은 모조리 게걸스럽게 읽기를 선택한다. 비록 누군가 그에게 이렇게 소리쳤다 해도. "책은 다 불질러 버려. 내 말 안 들려? 불질러 버리라고. 법은 뭐고, 철학은 뭐 말라비틀어진 개뼈다귀야. 아무짝에도 쓸모없는 것들. 물개 좆이 얼마나 큰지 모르지? 병신 육갑 떨지 말어……"(pp. 31~32).

지옥, 그것은 타인들

정치, 한국에서 군사독재 정권이 억압하던 기간 동안의 연대들, 종교는 그 어떤 은총도, 구원도 찾지 못하고 부길 역시 구원을 받지 못하고 두 번에 걸쳐 사랑을 놓친다. 내면세계의 한계, 고독, 창조, 운명, 강요하거나 강요하지 않는 능력을 탐구하는 시험에 가깝게 읽히는 작품이라는 점에서 『생의 이면』은 때로 지드를 때로는 스피노자를 떠올리게 한다.

소년 박부길은 그를 둘러싼 어려움들을, 특히 가족과 관련된 문제에서 그것들을 다스리는 방법을 몰랐던 자신을 책망한다. '불가능한 내면'을 마주한 소년은, 스스로를 무능한 인간이라 믿으며 자기 상황이 요구하는 그 어떤 해결 방법도 가져오지 못한다. 이 모순에 대해 소년 박부길이 치러야 하는 대가는 끝이 없다. 그는 늘 비뚤어져 있고, 타인과의 관계에 서툰 모습을 보인다. "작가의 의식 안쪽에 단단하게 붙어 그의 삶과 문학을 지배해온 질기고 억센 몇 개의 큰 흉터가 있음을 알게 되었는데"(p. 18), "사람은 내게 공포의 대상이 아니라, 혐오의 대상일 뿐이다"(p. 120).

한편 박부길이 보이는 어긋난 행동들은 잠시나마 그가 죄책감의 사슬을 벗어던지는 수단이 되어주기도 한다. 타인과의 관계에서 박부길이 느끼는 혼란이야말로 이에 대한 가장 뚜렷한 증거가 된다.

음악, 불가능한 것들을 위한 연결 고리

집착으로 변질되고 만 결핍과 부재의 모티프는 허물어졌다가 다양한 변주를 통해 몇 번이고 다시 쌓아 올려진다. 가령 음악과 관련된 주제가 때로 사랑의 서사를 대신 차지하기도 한다. 『생의 이면』에서 음악을 듣는 것은 연주자가 아니라 그로부터 멀리 앉아 있는 박부길인데, 이 거리, 음악을 연주하는 사람과 주인공

사이의 거리로부터 진실을 향한 '불가능성'이 생겨난다. 어두운 예배당 안, 인간의 언어로는 차마 담을 수 없는 피아노 선율을 한 음 한 음 연주하는 그녀. "다른 때보다 조금 일찍 피아노 앞을 물러 나온 그녀가 뒤를 바라보고 잠깐 멈칫거렸다. 그녀가 내게로 온다면, 만일에 다시 말을 하게 된다면……. 나는 이곳에 오기 전부터 그녀에게 할 말들을 궁리했었다. 내가 느끼고 있는 주관적인 동지 의식을 어떻게 그녀에게 설명할 수 있겠는가. 어렵고 난처했다. 거기다 말들은 또 얼마나 불완전한가"(p. 165).

인간 언어의 불완전함이란 작가에게 닥친 재난일까, 아니면 언어를 향한 경계를 두 겹으로 쌓음으로써, 이 책에서 말하는 모든 것들에 대해 지나친 기대를 가져서는 안 된다고 독자에게 던지는 경고장일까. 아니면, 작가로부터 한사코 달아나려고만 하는 언어를 겁내지 말고 맞서 싸울 수 있도록 작가를 거드는 것이 독자의 역할이라는 당부일까.

예를 들어, 형제나 사촌을 향한 것이든 아니면 음악을 통해서든 한 작품에서 빈번하게 관찰되는 전이의 양상은 억압된 욕망의 원천으로써 모방을 통해 모든 욕망에 접근하게 해준다.[5] 이 작품에서 음악은 그 스스로 사랑의 대상이 되지 못하는 존재의 불가능성을 연주하여, 욕망과 그것의 실현 사이에 놓인 거리를 표상한다. 벌어진 거리 사이에 음악이라는 교각이 놓이고, 그 위에서 두 인물이 비로소 만난다. 선뜻 가까워지지 못하는 두 사람 사이에서 음악은 화자, 그리고 화자가 사랑하길 원하나 그럴 수

5 René Girard, *Mensonge romantique et vérité romanesque*, Paris: Grasset, 1961.

없는 여성 사이의 거리를 상징처럼 떠돈다. 그리고 여기서 음악은 보상의 형식이 된다. 일렁거림 속에서 인물들에게 존중감을 부여하고, 그들을 다시 가녀린, 너무나 가녀린 나머지 음표 하나만으로도 자칫 끊어져버릴 수 있는 선으로 이어준다. 이처럼 여성-음악-거리의 삼위일체가 몇 페이지에 걸쳐 성립되는데, 이 삼위일체는 여성과 음악을 화자와 결합시켜주는 거리로 완성된다. 여성과 위험한 욕망 사이의 거리를 채우는 것은 중재자와도 같은 음악이다.

자기 자신과 타인을 그토록 원망하고 증오하는 소년 박부길이 어떻게 신에게 다가갈 수 있단 말인가? 비록 신을 향해 다가가는 길에 온갖 갈등이 함께한다 해도 부길이 그 길을 포기하지 않는다는 것은 작품 곳곳에서 증명된다.[6] 바로 여기에 총체적인 미스터리가 스며 있다. 절대 증오로부터 격렬한 사랑으로의 변화는 물론 불가능하다고 볼 수 없지만, 그 길은 결코 곧게 뻗어 있지 않아서 거기엔 매개가 필요하다. 작품 속에서 '그녀'로 지칭되는 인물, 박부길로부터 모욕과 학대를 감내해야 했던, 그리고 그의 마지막 광기를 감수한 후 종내 박부길을 떠난 그녀가 바로 매개자이다.

돌연 치솟는 폭력에 맞선 글쓰기. 배반당한 자는 배반한 자도

6 이승우의 작품이 동질적인 이상, 그의 작품 속 모든 화자가 기본적으로 하나이며 같은 사람이라는 사실을 인정하지 않기란 어려운 일이다.

배반의 행위도 잊어버리지 못한다. 형편없이 무너져버린 신뢰는 아버지라는 모델이 없는 인물이 꾸려나가야 하는 불확정한 인생의 알림이다. 언제나 그렇듯 박부길의 직관은 삐딱해질 것이다. 박부길이 그 어떤 것도 나누기를 거부한 급우들, 지나치리만큼 참회의 자세만을 고수하는 어머니, 사랑한다고 생각했으나 사실은 학대의 대상에 지나지 않았던 그녀. 그녀가 떠나고 난 뒤에야, 부길은 그녀를 향해 수많은 절망의 편지를 쓰면서 비로소 자신이 증오와 사랑을 혼동했음을, 사랑과 증오 둘 중 하나가 다른 하나 속에 머물고 있었음을 깨닫는다. 박부길과 그가 사는 환경 사이엔 '접점'이 없고, 그는 그것과 일치하는 법이 없다. 그는 환경, 주변에 저항하면서, 사랑에 저항하고 종교에 반기를 들면서 스스로를 만들어간다.

『생의 이면』은 유년부터 너무나 빨리 곪아 터진 상처를 스스로 치료해나가야 하는 천형을 타고난 한 작가의 여정에 관한 이야기이다. 박부길이 느끼는 부당함은 사랑하기, 사랑을 두려워하기라는 모순 속에서 흔들린다. 그는 사랑받기를 두려워해서 사랑에 대해서는 생각조차 하지 않는다. 아버지의 죽음 앞에서 사랑을 매장했던 것이다. 박부길의 사회 부적응을 가장 먼저 감당하는 사람이 바로 '그녀', 그가 사랑한다고 생각하면서도 '표적'으로 자격을 정의한 여성이다. "그녀는 하나의 표적이지 개체가 아니다. 그녀는 하나의, 다른 독립된 세계이다"(p. 165).

그런데 그것은 도대체 어떤 표적인가? '젊은 여성'이라는 표적은 박부길에게 의존의 표적이 된다. 가족 한 명 없이 오로지 혼자인 박부길은 자신을 사랑하는 젊은 여성에게 의지할 때 오히려 광기를 띤다. 유년 시절 내내 혼자 살아갈 것을 강요받아 온 청년에게 사랑이란 자기애를 살찌우는 도구일 뿐이어서, 약속 시간에 늦은 애인을 향해 무람없이 폭력을 휘두른다. 애인은 이제 더 이상 표적이 아니다. 그녀는 박부길이 거쳐 지나야 하는 하나의 단계이거나, 그 자체로 끝을 설정할 수 없는 기호일 뿐이다. 박부길이 찾는 것은 그녀에게 없기 때문이다. 박부길이 찾는 것, 그것은 비교의 대상이 될 수 없는 것, 경쟁자 없는 욕망, 메타 욕망이라고 볼 수도 있는 것이다. 박부길이 찾는 것은 산 자들의 세계엔 없는 어떤 진실이다.

> 시간은 독하고, 나의 자아는 너무 많은 층으로 둘러싸인 거대한—작은 우주다. 층마다 진실이 있고, 그 진실은 그 층에서만 진실이다. 그 모든 층을 관통하는 작살과 같은 하나의 진실은 없을까? 있다면, 그것은 무엇일까? 가장 깊은, 또는 가장 높은 층까지 도달하지 않고는 그 진실이 무엇인지를 말할 수 없을 것이다. 그렇다고 해서 가장 깊은 층이나 가장 높은 층에 그것이 도사리고 있다는 뜻은 아니다. 그런 뜻이 아니다. 그곳까지 이르러야 발견할 수 있다는 것이지 그곳에 있다는 것은 아니다. [……] 그렇다면 적어도 그 층에서는 진실일 것이다. 그러나 어떤 하나의 층의 진실이 모든 층의 진실을 담당할 수 있을까?"(pp. 113~14)

여성이 실어 나르는 기호는 박부길의 의존성을 의미한다. 아니, 그것은 타인에 대한 의존성이 아니라 늘 기다림의 상태에 머무는 의존성이다. 박부길은 눈에 보이지 않는 적을 기다리고 있는 중이다. 그렇게 기다릴 적이라도 없다면, 그는 애인을 빼앗길지도 모른다는 모종의 두려움에 내내 시달릴지도 모른다. 그런데 박부길의 두려움은 나중에서야 광기의 순간, 파괴의 힘으로 출몰한다. 그리고 이어서 찾아오는 후회는 잘못된 행동에 대한 후회가 아니다. 박부길로 말하자면 본인이 하는 일을 너무나 잘 알고 있는 인물 아니던가. 그녀를 사랑한다는 선언에도 불구하고 그는 그녀를 거칠게 학대한다. 그는 "자기 몸속에 악마가 들어왔던 모양"이라고 인정하며 마침내 이렇게 고백한다. "나의 사랑은 도무지 평화를 이해하지 못했다. [……] 나는 사랑을 전쟁처럼 하고 있었다"(p. 257).

자기의 방

소년 박부길은 이제 다시 폐쇄된 공간 속으로 들어갈 것이다. 사면 벽에 둘러싸여 친척 집을 떠나 이 방에서 자취를 시작했었다. 세를 주려고 본채 뒤편에 날림으로 이어 붙인 작고 초라한, 어둡고 눅눅한 방은 한낮에도 빛 한 조각 스며들지 않는다. 아무도 원하지 않는 이 방에 박부길은 모종의 연민 같은 걸 느낀다. "늪에서 빠져나오지 않은 사람은 세상을 보지 못한다"(pp. 82~83).

이 세상을, 박부길은 이 비좁은 방, 종일 책을 읽으며 보내는 이 은신의 방에서부터 바라보고 싶어 한다. 늪은 물론 그의 고향 마을이요, 그것은 인생에 대한 한 가지 가능성으로서의 늪이다.

박부길이 바라보길 원하는 세상에는 국경도 물질성도 없다. 문을 꼭 닫아야만 발견할 수 있는 세상. "박부길의 '골방'이 그런 것처럼 그녀의 '교회' 역시 폐쇄적인 공간이다"(pp. 198~99).

내면이 성장하면서 고등학생이 된 박부길은 세계관을 형성해 나가지만, 그의 세계관이란 두려움과 자기로의 후퇴를 위한 욕망일 뿐이다. 여기서 음습한 방은 사회적 자폐의 공간이다. 청소년 박부길은 침묵, 후퇴 그리고 무작정의 독서 속에서 자기를 만들어나간다. "그는 실제로 얼마간 달랐다. [……] 그는 그런 식으로 다른 아이들과 구별되었다"(p. 20). "나를 두렵게 하는 것은 사람이다. 사람에게 나는 가장 서툴다. 서툰 것을 사람은 용납하지 않는다. 때문에 나는 빈번하게 상처를 입는다. 궁색한 선택이지만, 그래서 유일한 나의 대안은 사람 곁에 다가가지 않는 것이다. 그러나 이 참혹하고 질긴 생래적인 외로움은 어쩔 것인가. 하여 나는 나의 물색없는 외로움을 가장 위험한 것으로 경계하지 않을 수 없다"(pp. 107~108).

소설 『생의 이면』은 처음부터 글쓰기의 당위성에 대해 질문을 던진다. 한 작가가 이 책을 과연 자신이 썼어야 했는지 반문할 때만큼이나 독자의 신뢰를 불러일으키는 행동은 없을 것이다. 작가는 하늘을 향해 집요하게 확인을 요구한다. '정녕 제가 써야 한다는 말입니까?' '글쓰기로 저는 용서받을 수 있습니까?'

그럼에도 글을 반드시 쓰지 않으면 안 된다는 절박함은 이렇게 몇 차례에 걸쳐 드러난다. "사람이 노출 본능 때문에 글을 쓴다는 말은 거짓이다. 더 정확하게는 위장이다. 사람은 왜곡하기 위해서 글을 쓴다. 현실이 행복해 죽겠는 사람은 한 줄의 글을 쓰고 싶은 충동도 느끼지 않는다"(p. 23).

그러므로 현재 진행 중인 원고에 대한 이야기인 이 책에는 화자의 신중함 위에 문학적 도정이 포개지며 진행된다. 만일 그 과정이 새로운 것이 아니라면(가령 베르나르 펭고[7]의 경우를 떠올려 보자), 모든 소설은 분명 자전적 성격을 띠며 그러면서도 작가가 실제로 겪은 일만은 아니라고 화자는 단언한다. 작품을 자극하는 과정에서 없어서는 안 되는 이 거리는 단순한 눈속임 이상이다. 그것은 작가가 어떤 방법을 통해 스스로에게 글쓰기를 허락하게 되는 것인지, 말해진 것은 반드시 매개자를 통한 것이어야 하는지 쉬지 않고 반문하는 작가 이승우가 글을 쓰는 원동력이다.

폐허 같은 별채에서 차꼬에 묶여 다른 사람처럼 살던 아버지처럼, 『식물들의 사생활』에서 침묵과 식물들의 덫에 걸린 주인공의 아버지처럼, 목줄을 거부하는 악마, 자기 내부의 적을 몰아내기 위한 글쓰기. 픽션이란 그 어떤 경우에도 같은 지점으로 되돌아오기 위한 우회에 그치지 않는다. 『오이디푸스*Œdipe*』[8]에서 앙드레 지드는 에테오클레스의 입을 빌려 이렇게 말했다.

7 Pingaud Bernard, *Mon roman et moi*, Joëlle Losfeld, 2003.

8 André Gide, *Œdipe*, Gallimard, 1931.

본질적으로, 우리가 책 속에서 찾는 것은 무엇인가? 그것은 언제나, 크나 적으나, 허락이다. 질서를 좋아하고, 정해진 것을 존중한다고 주장하는 사람들조차도. 테이레시아스가 '보수주의자들'이라고 부르는 사람들, 그들이 거기서 찾는 것은 이웃을 방해하고, 억압하고, 공포에 질리게 해도 된다는 허락이다. 그들이 추구하는 것은 격언, 그들의 양심을 편하게 해주는 이론, 그리고 그들의 편의를 봐줘도 되는 권리이다.

여기, 글쓰기라는 지옥이 가능한 어떤 탈출구도 없이 불치병처럼 놓여 있다. '탈선'은 '결정적'일 수밖에 없다. 변제를 위한 다른 방법은 없는 것이다. 글을 쓰는 것은 고대하던 구원 행위가 절대로 아니다. 이 책「작가의 말」에서 이승우는 "모든 소설은, 어떤 식으로든 글쓴이의 자전적인 기록이다"라고 쓴 바 있다. 처음부터 앞에 놓인 것은 작가로서의 책임 의식이다. 이는 물론 문학을 역사를 향한 사회적 책임감으로 보는 사르트르의 주장과는 다르다. 상상력의 중개에 따라 변질되고 왜곡되기도 하는 어떤 가능성에 대해 이 작가는 쓰고 있다. 글쓰기란 이토록 위험한 일이다.

*『생의 이면』에 부쳐

한 권의 책이 작품 세계의 원형이 되기까지

문학의 쓸모란 무엇인가. 이승우의 장편 『생의 이면』은 사르트르가 우리에게 던진 질문, 그리하여 우리가 헤아릴 수 없이 많은 답변을 모색해온 이 질문에 대해 다시 한번 생각해보게 한다. 대답은 오히려 간단할 것이다. 문학은 쓸모가 없다. 혹은 카를로 이솔라가 『우리 근원의 미래*L'Avenir de nos origines*』[1]에서 단언했듯 "문학의 효용은 고독의 노래처럼 번져 나가는 데" 있는 것일지도 모른다. 그러나 여기에 나는 기꺼이 한 가지 대답을 덧붙이고 싶다. 문학의 효용은 우리 자신을 기억하는 데 있다. 어쩌면 문학은 자신에게로 회귀하는 느리고 지난한 과정일는지도 모르겠다. 피에르 상소Pierre Sansot[2]의 말처럼 "우리의 온 생을 놓치지 않기 위해서" 문학은 쓰인다. 하지만 궁극적으로 우리가 문학

1 Carlo Issola, *L'Avenir de nos origines*, Milon, 2004.
2 프랑스 작가, 인류학자(1928~2005).

에 대해 내릴 수 있는 정의란 것들은 전부 방어적이고 흐느적거리다 결국엔 아무것도 아닌 것으로 축소되고 말 뿐인데, 그런 마당에 한 작가의 '문학 프로젝트'라는 게 도대체 무슨 소용일까? 만일 문학이 아무짝에도 쓸모없는 일이라면, 미래를 예측하려는 사람들의 몸부림 또한 과연 필요한 일일까? 미래에 대한 예측이란 곧 기획이나 계획의 다른 말이 아니니 말이다. 그리고 만일 모든 예측이 금지되거나 불필요한 일에 지나지 않는다면, 가령 프랑스 작가들의 경우 발자크나 루소가 얘기하는 문학적 프로젝트를 과연 어떻게 해석하는 게 좋단 말인가. 프로젝트라는 것은 작가의 의도와 상관없이 주어지는 걸까. 작가조차 인지하지 못한 프로젝트라는 게 있을 수 있나. 육안으로 확인되는 프로젝트가 존재하려면 일관성 있는, 아니면 적어도 설득력 있는 작품이 있어야 한다. 샤를 모롱이 자신의 첫번째 정신분석 비평서에서 이미 제안했듯,[3] 고정된 연관성들의 얼개와 작가의 다소 무의식적인 이미지를 분석하기 위해서는 해당 작가의 여러 텍스트들을 통해 흔적을 추적하는 작업이 필요한 것이다.

작가는 그렇게 인지하지 못하고 있을지 몰라도, 시간이 흐를수록 『생의 이면』은 문학 프로젝트의 원형으로서의 모습을 드러낸다. 이 작품은 어떤 의식도 의도도 없이 그저 작가에게 주어진 것으로 보인다. 독자 역시, 반복적으로 찾아오는 모티프, 생각의

3 Charles Mauron, *Des métaphores obsédantes au mythe personnel*, José Corti, Paris, 1962.

연쇄, 꿈이 가진 두 겹의 의미, 고착된 생각 등을 마치 덤불숲 속을 헤매듯 헤쳐 나가다가 언제부턴가 이 작품에 한껏 매료된 자신을 발견하게 된다. 보물찾기와는 또 다른 형태의 행복이란 것은 이렇게 존재하는 법이다. 단서를 하나하나 찾아낼 때마다 우리는 수수께끼의 답으로부터 오히려 점점 더 멀어져만 가지만, 거기서 오히려 더 큰 행복감을 느낀다.

이승우의 작품은 바로 그런 행복을 지녔다. 그의 작품들 중 프랑스에서는 처음으로 출간된 『생의 이면』에 대한 내 첫인상은 원숙한 고민과 프로젝트에서 탄생한 작품은 아니라는 것이었다. 이 책은 그저 프랑스에서 처음으로 출간된, 다시 말해 당시 프랑스에서는 이름이 전혀 알려지지 않은 어떤 한국 작가의 소설일 뿐이었다. 작가의 내밀한 고백이라는 소설의 모양새가 문학 독자들에게 매혹적인 요소가 되었음은 부인하지 않겠다. 6년 뒤, 『식물들의 사생활』이 서점가에서 성공을 거두면서 이 작가의 문학적 역량을 확인시켜주는 계기가 되긴 하였으나, 작가의 책 한 권 한 권으로 증명되는 총체적 프로젝트, 하나의 작품 세계로서의 가능성에 대해서는 아직 알려진 바가 없었다. 다시 6년이 흘러 2012년 『그곳이 어디든』이 출간되었고, 이 작품을 통해 시간을 거슬러 올라가 작가의 한 편의 소설과 다른 소설을 연결시켜주는 어떤 힘찬 끈이 하나의 '작품œuvre' 세계를 완성시키기 위해 나아가고 있음을 발견할 수 있게 되었다. 그 끈은 우리 육안으로 확인되지 않는다. 이후 다른 책들이 출판되면서, 작가가 말하고 싶은 주제들은 더 선명해지고, 반복되고, 집착하는 모습이 되었다. 고정점들이 하나둘 노출되면서 틈이 벌어진 단층들은 이제 육안으로 확인할 수 있게 되었다. 여세를 몰아 출간된 『오래된 일기』 『한낮의 시선』 『지상의 노래』는 독자들 앞에 놓인 것이 정녕 매 출간마다 어떤 진행 상태를 보이는 하나의 프로젝트, 하나의 작품 세계라는 사실을 확인시켜주었다.

그러나 문학 작품이 곧 문학적 프로젝트를 수반하는 것은 아니다. 작가 이승우에게는 타인과의 소통을 향한 의지나 의도에서 시작된 프로젝트라는 게 없다. 어쨌든 우리 눈에 그는 그렇게 보인다. 프로젝트는 작가인 그 자신도 모르게 생겨나 작가에게 주어지는 것이다. 다른 소설가들의 경우 매 작품마다 다른 주제를 찾아낸다면, 이승우의 작품에서는 언제든 그 위치를 파악할 수 있고, 제아무리 변화무쌍한 상황에서라도 그 모습 그대로 존재하는 영원불변한 주제의 출현이 목격된다. 그리하여 그 영원불변의 주제라는 것이 출발점에서부터 잠복 상태였음을 확인하기 위해 독자는 번번이 갔던 길을 되돌아가야만 한다. 바로 이 주제의 뼈대가 형성되기 시작하는 지점이 장편 『생의 이면』이다. 너무 일찍 잃어버린 아버지, 타인과 사회로부터의 거부, 추방, 어딘가에 절대로 매이지 않겠다는 욕망과 의지, 은신처와 같이 비좁고 어두운 공간들, 고독의 지표로서의 책 읽기, 집착하는 사랑과 거기에 수반되는 폭력성, 신과의 관계, 덧없는 세상과 이 세상 너머 영원한 또 다른 세상이라는 주제가 저마다의 방식으로 각각 다른 소설 작품들 속에서 발전해나갔다.

작가가 된다는 것, 그것은 발음하기도 글로 적기도 결코 쉽지 않은 프랑스어 동사 'œuvrer'에 행위를 부여하는 일이다. 굳이 번역하자면 '일하다' 또는 '움직이다'라고 할 수 있을 뿐, 이 동사에 딱 들어맞는 한국어 동사는 모름지기 찾기 어렵다. 프랑스어 사전에서는 œuvrer 동사를 '중요한 어떤 일을 실현하기 위해 일하는 것, 중요한 어떤 것을 얻어내기 위해 실행을 감행하는 것'이라고 정의하고 있다. 다시 말해 œuvrer는 본질적으로 건축적 의지가 담긴 행위이며, 어떤 목표를 향한 육체적 긴장 상태이다. 도달하지 못한다면 깊숙한 고뇌 속으로 우리를 침잠시키는 한 가지 목표를 향해 솜씨 좋게 유도하는 충동의 의도적 긴장 상태. œuvrer, 그것은 실제 세계에 합류하라고 환상을 향해 내리는 명령이다. œuvrer, 그것은 하나의 작품을 '짓는 것'이다. 그것은 존재하지 않는 도구들을 허공에서 붙잡으려는 의지이다. 그것은 길들여진 말의 끝없는 분출을 기억의 균열 속에서 길어 올리는 행위이다. 균열이 가리키는 것들에 주목하면서 작가는 글을 쓴다. 균열은 열린 상태. 그것은 거기에 어떤 이름이나 단어를 올리는 것조차 헛된 일에 지나지 않는 원초적 상처이다. 열린 상태는 다나이데스의 물통[4]이라 부르는, 영원히 채워질 수 없었던 곳에 머문다. 채울수록 점점 더 비워지는 물통. 열린 상태를 메우겠다는 개인의 노력들은 정녕 부질없다. 한 번 더 말하지만, 채워지는 것은 다만 빈 것일 뿐이다. 그 누구도, 그 어떤 것도 부재가 지르는 비명을 소거할 수 없는 법이다. 50명의 다나이데스가 노력한다 해도 사방이 뚫린 물통을 채울 방법은 없다. 소

4 그리스 신화에서 50명의 다나이데스는 지옥으로 가서 구멍 뚫린 물통에 물을 채우라는 벌을 받는다.

설 한 편 한 편, 작가 한 사람 한 사람이 다나이데스의 통 속으로 들어가지만 그 누구도 바닥을 메우지 못한다. 텅 빈 우주가 작가를 에워싼다. 그렇다면 과연 소설가가 되는 건 좋은 일일까.

열린 상태의 운명이란 욕망에 못지않게 치명적일 수밖에 없다. 열린 상태는 아메바처럼 세포 분열을 해서, 제 몸을 갈라 다시 생성되지만 결코 죽지 않는다. 열린 상태와 욕망은 그들이 침묵의 의지로 귀결되어야 한다는 착각을 일으킨다. 그런데 열린 상태와 욕망은 입을 다무는 법이 절대 없다. 이들의 컴컴한 운명보다 글쓰기를 자극하는 것은 없다. 열린 상태와 욕망은 서로 경쟁과 지배의 관계를 이루고, 견뎌낼 수 있을 정도의 차원으로 고통을 유지해준다. 이들은 우리의 고통을 보살피고, 상처를 한 땀 한 땀 바라보다가 고통보다 더 고통스러운 그림자 속에 상처를 놓아두는 건 아닐까 염려한다. 확실히 작품이란 이런 가치가 있다. 작품은 욕망과 열린 상태 사이에서만 흔들린다.

3. 그리고 물가엔 한 그루 나무가

—『식물들의 사생활』에 대하여

비극이 되지 않아도 될 한 인간의 비극, 그것은 모두의 비극이다.

—필립 로스, 『미국의 목가』

장편 『식물들의 사생활』에는 특이하게도 온 가족이 등장한다. 보통 이승우의 작품에 등장하는 가족은 일부가, 특히 아버지가 '절단된' 경우가 많다. 하지만 이 작품에서 우리가 보게 되는 것은 전혀 다른 종류의 절단이다. 잘려 나간 큰아들의 다리는 아버지와 어머니, 그리고 형제들 사이에서 오고 가는 사랑과 반감, 충동과 무관심 속에 형성된 불균형을 암시한다. 중요한 사건들이 연달아 일어나면서 안정적으로 보이던 가족 관계가 요동치고, 비록 일시적인 것일망정 균형을 회복하기 위한 포기와 희생이 요구된다. 이 작품에서 우리는 고통의 씨줄과 날줄 속에서 가족 구성원 한 명 한 명이 어떻게 괴로워하는지를 보여주기 위해 작가가 마련한 서사 장치에 대해 알아볼 필요가 있을 것이다.

형 '우현'의 애인을 사랑해서 질투에 눈이 먼 동생 '기현'('나')은 형의 카메라를 몰래 들고 (아버지의) 집을 떠난다. 그런데 우현의 카메라 속에는 독재 정권에 저항하는 대학생들의 시위 모습을 고스란히 담은 필름이 들어 있었다. 기현에게서 카메라를 사들인 중고 카메라상은 그 안에 든 심상치 않은 필름을 발견하고는 경찰서에 넘긴다. 이렇게 어이없이 체포되어 입대한 우현은 군대에서 불의의 사고로 두 다리 무릎 아래가 잘린다. 이후 기현은 형에 대한 죄책감으로 인해, 또 자신이 너무나 사랑했던 형의 애인 '순미'로부터 멀어지기 위해 도망친다. 큰아들의 사고 이후 말을 잃고 침묵 속으로 잠겨버린 아버지, 옛 애인을 찾아 나선 어머니, 다리가 잘려 자꾸만 숲으로 들어가는 형…… 기현의 도피는 이처럼 또 다른 도피로 확장된다. 『그곳이 어디든』의 '유', 『지상의 노래』의 '후', 『생의 이면』의 '박부길', 그리고 『식물들의 사생활』에 이르기까지. 작가의 전작 속에는 도피, 방황, 추방이 배회하고 있다.

신성한 시간

인물들의 방랑벽은 그들이 뿌리를 내리고, 만나고, 서로 사랑했던 공간들을 두려워하며 저버리게 만든다. 하지만 도피는 이동일 뿐 완전한 소멸에 이르지 못하듯, 미지의 땅이 버려진 땅을 대신하고 거기서 신의 소원처럼 새로운 우주가 만들어진다.[1] 그 어떤 *타불라 라사tabula rasa*[2]도 인간이란 늘 그것이 집이든, 꿈이든 저마다의 거처를 가지고 태어난다는 사실을 망각하게 할 수 없는 법이다. 그런데 한곳에 머물기를 거부하는 인물들의 성향이 신을 향한 모독으로 해석될 수 있을까. 애초에 인간에게 땅을 정복하라고 명령한 건 신이 아니었던가? 인간을 떠돌이로 만들어 도시를 짓게 한 것도 바로 신이 아니었던가? 정복할 공간이 따로 없는 현대 사회에서는 신의 명령이 응당 존중받을 또 다른 공간이 필요한 법이다. 그리고 만일 인간 세계가 그 공간을 허락하지 않을 때 우리는 꿈을 찾아 나선다. 꿈을 통해 되찾은 세상이 우주를 대신하고, 그곳에선 물, 땅, 공기, 나무, 땅속 세상이 모두 존재하며 꿈과 시간은 나란히 배열된다. 성스러운 시간이 일정한 간격을 두고 세속의 시간과 맞설 때, 우리는 그것을 신화적 경험의 시간, 그 속에서 꿈의 세계와 현실 세계가 서로 결합하는 시간, 범상한 시간 속에서는 존재할 수 없었던 것들이 마침내 말해질 수 있는 시간이라고 부른다. 『식물들의 사생활』에 여러 차례 등장하는 꿈속엔 나무가 빽빽이 들어차 있고, 이 나무들은, 미르체아 엘리아데의 세속의 시간에서는 경험할 수 없었던 세계에 대한 가장 이상적인 대체물이 된다. "신들의 욕망으로부터 자신들의 사랑을 지키기 위해 요정들은 어쩔 수 없이 나무가 된다. 나무들마다 이루어지지 않은 아프고 슬픈 사랑의

1 Mircea Eliade, *Le Sacré et le profane*, Gallimard, 1965.
2 원초적 상태, 0의 상태로의 복귀.

사연들을 하나씩 가지고 있는 것은 그 때문이다"(p. 221).

나는 가족을 증오하리라!

장편 『식물들의 사생활』은 대칭 구조로 이루어져 있다. 아버지는 변함없이 아내를 사랑하지만, 어머니는 남편을 만나기 전의 남자, 첫 아이의 생부인 그 남자를 마음에 품고 살아간다. 그는 정치적 사건에 연루되는 바람에 생부임에도 아들 우현의 출생을 지켜볼 수 없었다. 그의 자리는 어머니의 현재 남편이 대신했으며, 그렇게 태어난 아이를 온 마음과 정성을 다해 사랑한다. 이후 아버지와 어머니 사이에서 또 다른 아들 기현이 태어나지만, 기현은 집안에서 좀체 자기 자리를 찾지 못하고 형인 우현을 향한 질투심만 키워갈 뿐이다. 대화가 거의 없는 아버지와 어머니 사이에서 기현과 우현 역시 주변인처럼 살아간다. 어머니는 자신의 처음이자 유일했던 사랑을 잊지 못한다. 형을 질투하는 기현은 형의 애인 순미를 사랑하게 되고, 다리가 잘려 나간 우현은 연인 순미와의 사랑을 거부하지만, 그렇다고 해서 순미가 기현 차지가 되는 것은 아니다.

익명의 의뢰인의 부탁으로 기현은 어머니를 미행해 내려온 곳에서, 도무지 믿을 수 없는 장소에 신기루처럼 자라난 야자수와 그 아래 벌거벗은 어머니와 그녀의 옛 애인을 목격한다. 죽기 전 생애 마지막으로 옛 애인을 만나고 싶어 하는 사내의 모습은 『그곳이 어디든』『지상의 노래』『오래된 일기』에도 등장한 바 있다. 불치병으로 생애 마지막 순간을 맞이한 그들은 임종 직전 옛 연인의 호의와 방문을 간절히 소망한다. 이 부탁은 단 한 번도 거절당하지 않으므로 그들의 마지막 순간은 쓸쓸하지 않다. 그중『식물들의 사생활』에서의 마지막 하루는 유난히 에로틱하다. 죽어가는 연인과의 작별은 불경한 세상으로부터의 출발을 표시할 뿐 아니라 부재가 주는 고통의 기원이 된다.

작가가 그려낸 가족 구조는 감정적으로 풍요로운 관계를 맺지 못하고 배회하는 인물들의 '불가능성'에 대한 폭로이다. 아버지-어머니-기현, 아버지-어머니-우현, 순미-기현-우현의 삼각관계. 그 안에서 각자가 상대에게 고통을 주고 있는 혹은 준 적 있는 이 삼각관계는 앙드레 지드의 선언 "나는 가족을 증오하리라"[3]의 의미에 가깝다. 인물들은 서로를 이해하지 못한 나머지 입을 꾹 다물고 지내거나 후퇴와 침묵, 그리고 질투 속에 곪아 터질 때까지 고통의 분자들을 방치한다. 벙어리에 가까울 정도로 말이 없어져 식물 가꾸기에만 병적으로 몰두하는 아버지, 밖으로만 나도는 어머니, 어둠에 다리가 붙들려 걸음을 옮겨 딛는 것조차 어려운 꿈을 꾸면서 도무지 떨쳐내기 힘든 고통을 확인하는 기현의 고뇌가 그러하다. 이처럼 나아가지 못하는 기현의 난관은『생의 이면』의「작가의 말」에서 이미 엿본 적이 있으며,

3 André Gide, *Les nourritures terrestres*, Paris: Gallimard, 1956. 앙드레 지드의 장편소설『지상의 양식』에서 개인적인 도덕과 쾌락을 추구하기 위해 시대와 가족이 요구하는 윤리에서 벗어나고자 했던 청년 주인공이 한 말이다.

『그곳이 어디든』에서는 '늪에 빠진 상태야' 같은 구절로 표현된 적 있다. 한쪽 발조차 들어 올리기 어려운 상황에 처했을 때는 대안이 없으므로 어쨌거나 앞으로 나아가는 것 말고는 다른 방도가 없는데, 이는 도움 줄 사람 하나 없는 절대 고독의 장소이자 시간-늪을 매개로 등장한다. 꿈속에서 다리를 잃은 기현은 곧바로 그 다리가 형의 다리라는 사실을 인지한다. '잃어버린 한 쌍의 다리'는 기현을 가족의 품으로부터 더욱 멀어지게 하는 기호가 된다. 기현에게 내내 무심한 아버지와 어머니, 다정함과는 거리가 먼 형, 이런 분위기 속에서 기현은 마음을 둘 데가 없다. 그에게는 "늦게 들어가도 문을 열어주는 사람이 없"(p. 34)었으나, 그가 집을 나오지 않은 것은 "죄책감이라는 이름으로 더 많이 불리는 과거의 상처에 대한 어떤 기억과 자식들을 향한 기대를 송두리째 접어버린 듯한, 그럴 수밖에 없게 된 부모님〔……〕에 대한 일종의 연민"(p. 21) 때문일 것이다. 가출했다 돌아온 기현에게 탕자와 같은 잔치는 준비되어 있지 않았다. 그런 의미에서 이 소설은 어쩌면 거꾸로 된 우화일는지도 모르겠다. 「누가복음」에 등장하는 탕자는 심지어 제 운명을 찾아 길을 떠났다 돌아와서도 변함없이 아버지의 사랑을 차고 넘치게 받는다. 탕자가 돌아왔을 때, 그의 아버지는 둘째 아들의 귀환을 축하하며 성대한 잔치를 연다. 반면 아버지와 함께 고향에 머물며 가축을 키우고 집안일을 돌본 형은 탕자를 질투한다. 그런 형에게 아버지는 이렇게 말해준다. "네 동생은 죽었다가 살아났으며, 내가 잃었다가 얻었다."[4]

상사성(相似性)의 꿈은 타인에게 닿고 싶은, 타인과 하나가 되고 싶은 두 다리의 욕망이자 그 욕망의 실현 불가능성을 상징한다. 생명과 의사소통을 상징하는 두 다리는 나무들이 살아가는 사회의 다른 모습일 것이다. 이 꿈을 통해 기현은 자기 운명이 장애를 얻게 된 형의 그것과 완전히 이어져 있음을 깨닫게 된다. 말하자면, 형은 기현의 복제 인간이다. 형제가 함께 나누는 운명, 두 사람을 끈질기게 이어주는 것은 사고도, 잘려 나간 다리도 아니다. 두 사람을 연결시키는 건 우현에게 존재의 이유와도 같은 카메라를 기현이 훔쳐낸 행위 덕분이다. 형의 존재 이유를 훔친 기현은 비로소 형과 연결된다. 물건을 훔친다는 것, 그것은 그 물건을 소유한 자의 힘을 훔치는 일이다. 어떤 의미에서 그것은 소유자에 대한 잔혹 행위가 된다. 형이 소유한 힘을 빼앗으면서 기현은 삶의 이유뿐 아니라 부모의 편애 또한 전부 빼앗는다. 힘과 인격을 상징하는 소유물을 박탈함으로써 상대를 제압하는 이 같은 방식은, 애지중지하는 물건을 빼앗는 단순 행위를 넘어 타인이 *되고자 하*는 무의식적 의지를 방증한다.

이 소설은 카메라를 훔치는 행위 이외에 그 어떤 책망도, 복수의 욕망도 제시하지 않는다. 말해져야 하는 것은 가족들 간의 묵직한 비밀이 갇힌 집의 담벼락 저 너머에 있으며, 이 집안에서 인물들을 서로 이어줄 수도 있는 공통의 언어는 확장될 방법을 알지 못한다. 화자들은 어쩌면 그들의 거짓말과, 말하지 않은 것

4 「누가복음」 15장 32절.

들이 언젠가 돌연 발각될까 봐 두려워하는 걸까. 불안하게 휘청거리는 가족이 제 스스로 무너져 내리기 전에 신화적 공간, 한국에서는 자생하지 않는 나무, 불확실한 길 끝에 아슬아슬하게 놓인 세상이 필요해지는 건 바로 이 때문이다.

유교 사상과 계층 간 서열, 일련의 역사적 사건들, 강요된 근대화운동 등은 한국인들에게 집단 정체성과 역경에 맞서는 힘을 길러주었다. 한국 사회에서 개인들은 극도로 열악한 환경 속에서 사회화라는 틀에 대비할 수 있도록 지난한 과정을 밟아온 것이다. 집단주의와 개인주의, 의무와 복종의 혼종은 종종 예의와 자기희생의 문화 아래 감추어진 매우 엄격한 인간관계를 만들어냈다. 이러한 맥락에서 사회의 완충 장치로서 기능하는 집단이 바로 가족이다. 그럼에도 가족은 원초적 갈등을 재현한다. 사건, 곤란한 상황, 분쟁, 재앙이 발생했을 때 가장 먼저 흔들리는 것이 이 가족이라는 집단인 것이다. 이승우의 작품에서 가족은 사랑과 그것의 부정 사이에서 어떤 해결책도 찾을 수 없을 때 호된 매질을 당한다. 갈등을 또 다른 갈등으로 잇기만 하는 매듭을 잘라내는 데는 도피, 철회, 방관의 모습을 한 '포기'라는 대가를 치러야 하며, 포기를 통해 스토르게storgê,[5] 가족의 사랑이 돌아오기를 기다린다. 아니면, 이건 어쩌면 이승우의 다른 소설들 속에서도 볼 수 있듯이 가족 관계를 유지시키기 어렵게 만드는 각 구성원들의 불완전성에 대한 이야기일까.

5 고대 그리스에서 가족적 사랑, 자식을 향한 부모의 사랑을 지칭하던 말.

역사적으로 한국은 스스로를 '국가'로 간주한 적이 없었는데, 이는 한국이 20세기의 여러 침략과 쿠데타, 군사독재의 상황에 놓여 있었고, 이 때문에 1990년대까지 사회관계를 조직하는 시민사회가 부재했던 탓이다. 이 같은 역사, 문화적 맥락에서 한국의 가정은 밀도 높은 사회성의 공간이 되었으며, 그 안에서 아버지는 바깥일에만 매달릴 뿐, 권력의 중심은 가사를 전담한다고 알고 있는 어머니에게로 향한다. 오늘날 사회가 아무리 혼란스러워도 가족은 사회성의 주춧돌로 건재하게 버티고 있지만, 이승우의 작품에서 우리가 마주하는 것은 이 같은 가족과는 사뭇 다른 안티 모델이다. 가족은 절대로 균질적이지 않으며 우리가 기대하는 안정감도 거기엔 없다. 재혼 부부, 미쳐버렸거나 실어증에 가깝거나 책임감 제로인 아버지. 이건 어쩌면 태초부터 혹독한 시련에 놓인 성경 속 가족을 환기시킨다. 카인은 동생 아벨을 죽임으로써 신에게 등을 돌리는데, 이와 같은 원초적 골절에서 탄생하는 것이 바로 가족이다. 이를 통해 우리는 작가 이승우에게서 이미 확립된 것에는 더 이상 의문을 제기하지 않는 성향을 발견하게 된다. 성경 속 가족들이 라이벌 의식, 배신, 근친상간, 강간, 아이에 대한 편애로 물들어 있듯, 『식물들의 사생활』에서 우현은 막내인 기현보다 사랑받는다. 『오래된 일기』[6]에서는 아버지와 어머니가 일에만 신경 쓰면서 각자의 삶을 위해 병약한 '상규'를 방치하고, 상규는 부모 대신 누나에게 매달려 개

6 『오래된 일기』에 실린 「무슨 일이든, 아무 일도」 참조.

신교도가 운영하는 병원에 데려다달라고 도움을 요청한다.

『생의 이면』의 가족은 가족이 아니다. 광인이 되어버린 아버지는 뒤란 별채에 동물처럼 차꼬에 묶여 지내고, 어머니는 아이를 두고 마을을 떠난다. 아버지의 자리를 대신하는 큰아버지는 아이에게 더없이 엄한 존재이다. 한편 인자한 큰아버지가 등장하는 「오래된 일기」에서는, 아이가 벌받는 게 두려워 아버지가 없어졌으면 좋겠다고 소망하기 무섭게 우연처럼 자동차 사고가 일어나 아버지를 잃는다. 안정은커녕 보호 장치도 되어주지 않는 가족을 아이가 등지는 것은 지극히 당연해 보인다. 성경 속에서 집은 위기에 흔들리는 가족의 상징이자(「무슨 일이든, 아무 일도」), 무너져 내리는 위협으로 등장한다. 가족을 보호하는 집이 무너지면서 사회 전체가 무너져 내린다. 들뢰즈와 가타리의 마지막 동물에 비유되는 상규는 모든 공포를 조합한 피조물이다. 상규는 나사로 갱생원에 데려다달라고 누나에게 간곡히 매달린다. 나흘 전 죽은 예수의 부활을 간청하는 베타니아의 마르타처럼. 누나의 꿈속에서 하늘, 꽃, 사물들, 가구 등 모든 게 흔들린다. 그녀는 바닥에 드러누운 상규에게 매달려 있고, 갑자기 아버지와 어머니마저 들러붙는다. "온 세상이 그의 등에 업혔다"(「무슨 일이든, 아무 일도」, p. 58). 상규는 끙끙거린다. 신음하며, 헐떡이며, 상규는 골고다 언덕을 오른다.

우리가 가장 잘 아는 성경 속 인물들은 종종 가정적으로 비통하다. 하느님은 자신의 권고를 듣지 않은 아담과 이브를 벌한다.

창조의 대가란 이런 것, 하느님으로선 다른 선택의 여지가 없다. 이후 벌어지는 일들, 가족 간의 분열, 편애를 당하거나 미움받는 형제, 살인, 근친상간, 강간 등 가족 간의 이야기는 밝음과는 거리가 멀다. 더 이상 가족은 안정을 보장해주지 않으므로(근원이 이토록 불안할진대, 거기서 어떻게 안정을 찾을 수 있단 말인가), 이제는 그곳을 떠날 때가 된 것이다. 『지상의 노래』에서 아버지와 어머니는 지반 침하로 파묻혀 죽는다. 삼촌('후'의 아버지)은 아들 '후'와 조카 '연희'를 함께 키웠는데, 후는 사촌 누나인 그녀를 사랑하게 된다. 아버지나 다름없는 삼촌은 연희를 욕망에 눈이 먼 군인에게 팔아넘기고, 후는 그 일 이후 소리 없이 마을을 떠난 누나를 찾아 길을 나서게 된다. 여기서 아버지의 부재를 대신하던 인물은 조카/딸을 군인에게 팔아넘김으로써 이제 더 이상 보호나 안정과는 거리가 먼, 정반대의 인물이 된다. 그렇다면 이토록 학대당한 아버지, 그는 도대체 누구란 말인가? "내가 아버지일진대, 나를 공경함이 어디 있느냐?"[7]

아버지는 이렇게 도망치고 있다. 『생의 이면』에서 아버지는 정신 줄을 놓았고, 『식물들의 사생활』에서는 말을 놓는다. 『한낮의 시선』의 아버지는 친자를 버리고, 「무슨 일이든, 아무 일도」의 아버지는 아들을 방치한다. 이승우의 소설 속 아버지들은 오로지 부재나 치명적 결함을 통해서만 중요한 역할을 부여받는다. 가족 부양에 관한 한 이 아버지들은 정신적으로나 물질적으

7 「말라기」 1장.

로 무능하기 짝이 없는데, 이는 어쩌면 1960년대 한국 가족에서 흔히 보이는 풍경과 다르지 않아 보인다. 가사와 자녀 교육을 전담하는 어머니가 가정 내에서 영향력이 크며, 아버지의 역할이란 고작 결정권의 모방자이자 주변인으로 한정된다. 프로이트의 시각에서 이런 가정은 비극이나 다름없다. 이승우의 아버지들은 죄의식이 없다. 단호하고 고집스러운 이 아버지들에게선 변명하는 법도, 용서를 구하는 법도 전혀 발견되지 않는다. 만일 이렇지 않은 아버지가 있다면 그는 『생의 이면』의 아버지처럼 정신이 온전치 않다.

독재와 국가보안법에 복종하지 않을 수 없었던 당시 한국 사회에서, 가정은 역설적으로 권력의 남용으로부터 스스로를 지키는 세상인 동시에 완벽한 위반의 공간이기도 했다. 사회에 대한 은유로서 가정은 말하자면 지배 메커니즘의 연장이었다. 가정은 혈연관계에 의해서뿐 아니라 유교 문화의 전통에 의해 굳게 닫힌 세계이다. 개개인의 도정은 집단에 의해 규정된다. 그러므로 한 사람 한 사람의 여정은 다른 구성원들과 끝없이 타협하며 살아가는 과정이다. 사회가 규율과 규제로 경직되는 지점에서 가족은 자유의 공간을 제공하며, 그 안에서 선, 악, 고통의 근원, 죄의식, 원초적 신화 등 근본적 물음들이 비로소 확장된다. 문학적 방법은 작가에게 이전에는 가져본 적 없는, 다소 역설적인 자유를 허락한다. 한껏 축소된 인간관계의 장 '가정'을 통해 작가는 인간 행동의 무한을 가장 영리한 방법으로 보여주는 것이다. 이승우의 소설들이 사회적 사건을 그토록 드물게 다루는 것은 분명 이런 까닭일 것이다. "형의 사진을 통해 나는 형이 말하는 우리 시대의 진실이라는 걸 체득했지"(p. 88). 작품은 이렇게 말하고 있다.

유교적 가족제도에서 아버지의 이미지는 만연해 있다. 존재하든 (흔히 그렇듯) 부재하든, 아버지는 가족의 운명을 지배해 구성원들로 하여금 그들의 위치를 영원히 재정의하도록 강요한다. 속죄를 기다리며 우리는 조상들이 남겨준 그대로의 세상을 받아들이는 수밖에 없다. 이 같은 신념 고백은 이미 확립된 질서에 도전하는 것을 거부하는 표시이며, (유교적 도덕법칙 속에서) 우리보다 먼저 살아간 이들에 대한 존경을 표시한다. 거기엔 실존에 대한 당위성도 항의에 대한 지원도 없다. 신이 선택할 것이다. 그러나 이 중립적 태도에는 세상사로부터 한발 물러선다는 죄책감을 불러일으킬 위험이 있다. 기현이 형의 사진들을 통해 군사독재의 끔찍한 실체를 발견하듯, 현실은 이처럼 정치에 대한 이해가 없는 재현, 심미의 필터링을 통해 재현된다. 여기서 작가 이승우의 비참여적 선택이 명확해진다. 죄의식과 후퇴가 기현을 압박한다. 만일 현실 세계가 지상에서 행복의 조건을 제공한다는 스스로의 불가능성에 수긍하지 않는다면, 이를 대신하는 것은 오로지 종교에 달려 있다. 엄연히 존재하고, 그렇게 힘이 세서 거기에 반대하는 모든 의지를 와해시키는 어두운 힘들이 지상에 있는 것이다. 스스로 선택한 것도 아닌 하늘(유교와 기독교)의 의지를 인간은 거스를 수 없는 법. 대자연과 질서는 앞서간 것들을 향한 경애심의 일부이다. 이러한 저항 능력의 분열은 그 어떤 상황에서도 적당한 결정을 내릴 줄 모르는 등장인물들의 결정 불가능성과 결합한다.

근대화라는 과업을 짊어진 국가에서, 충동의 유도는 푸코나 아감벤[8]이 그것을 제도적 제약에 의해 유도된 관점에서 결합된 요소들로 구성된 강제적 양식으로 정의한다는 의미에서 더 넓은 시스템을 통합한다. 독재 역학에 반대하려는 욕구는 같은 운동에서 발생하는 자기 피로에 의해 약화된다. 그러나 태도가 다분히 수동적이라고 해서 덜하다거나 치를 대가가 적다고 말할 수는 없다. 불의로 판단된 것을 그렇게 내버려두기, 사진들이 죄의식을 폭로한다면 거기에 대해 아무것도 문제 삼지 말고, 저항도 하지 말고 그대로 내버려두기. 이 같은 거리 두기의 과정에서, 마치 때늦은 인식의 결정적 단계처럼 감정을 솟아나게 하는 것은 바로 시선이다.

여타 텍스트들에서는 집을 버리고 길을 떠나는 과정이 마치 최후의 수단인 듯 공공연하게 그려지지만, 이 소설에서 우리는 정반대의 양상을 확인한다. 가족 구성원 누구에게도 사랑받지 못한다고 느낀 기현은 집을 떠난다. 어머니는 거리를 두고 있고, 아버지는 모든 사랑을 식물에 쏟으며 식물에 신성성을 부여했던 옛 사람들처럼 종교적인 자세로 애지중지한다. 형의 애인 순미는 기현에게 예의 바르지만 무심하다. 훔쳐낸 형의 카메라에 대

8 Giorgio Agamben, *Qu'est-ce qu'un dispositif?*, trad. Martin Rueff, Rivages poche, 2017.

한 후회, 형의 다리가 잘려 나간 것은 어쩌면 그 카메라 때문일지 모른다는 생각으로, 기현은 다시 집으로 돌아가야겠다고 결심한다. 하지만 이는 탕자의 귀환과는 거리가 멀다. 기현의 귀환은 환영받지 못하고, 아버지는 그에게서 '잃어버렸다 되찾은 아들'을 발견하지 않는다. 우현의 경우, 탕자의 형 못지않은 보복심을 드러낸다. 여타 작품들 속 인물들이 결코 집으로 돌아오지 않는 반면, 기현은 허물어진 가족 관계를 재건하는 데 앞장서는데, 이를 위해 그는 그 어떤 것도 반대할 수 없는 전능의 태도와 함께 자기 욕망의 근본으로 거슬러 올라가야 한다.

"말테야, 네 소원을 잊지 말아라. 절대로 욕망을 그만두어선 안 돼. 이루어진 것이 없다고 생각하겠지만, 너무 오래 지속되는 바람에 그것이 이루어지는 날을 볼 수조차 없는 장기적인 소원도 있는 법이란다"(어머니로부터 말테에게).[9]

카인은 어디에서 뉘우치는가

한 쌍의 다리가 갖는 의미는 다양하다. 그것은 타인에게 다가가 현실을 발견하게 하는 최고의 아군이자, 우현에게 사진 찍기를 추억으로만 남길 뿐 더 이상 행동할 수 없음을 의미하기도 한다. 한때 절친했던 형제 기현과 우현은 저마다 다른 방법으로 집

9 Rainer Maria Rilke, *Les Cahiers de Malte Laurids Brigge*, trad. Maurice Betz, Paris: Édition Emile-Paul, 1947, p. 86.

에서 '잘리고' 떨어져 나가는데, 두 다리는 집의 기둥, '순금 받침대 위에 선 대리석 기둥'을 상징한다.[10] 서로에게 예의를 잃지 않는 무관심과 그 어떤 것으로도 좁혀지지 않을 거리감을 유지하며 함께 살아가는 양친의 집 안에서, 건물을 받쳐주는 '두 개의 대리석 기둥'은 서로 닮았으면서도 안 닮기 위해 마주 보며 서서 서로에게서 떨어진다. 사회적 관계를 만들기도 하고 파괴하기도 하는 두 다리는, 음경이 인간적 육체와 생명을 상징하듯 사회적인 육체가 된다. 따라서 잘려 나간 다리는 우현이 속해 있던 모든 것, 즉 가족, 사회, 사랑, 성 등을 송두리째 앗아가고, 전부를 빼앗긴 우현은 이제 한껏 축소된 몸뚱어리에 지나지 않는다. 그런 몸뚱이로 우현은, 부성을 거부하며 지상을 더럽힌 오난[11]과도 같이 몸속의 혐오스러운 욕정을 배출한다. 오난의 거부를 순미와의 부성애적 사랑을 거부하는 우현과 연결 짓는 것은 불가능한 일만은 아니다. "큰아들이 자신의 혐오스런 몸뚱이를 주체하지 못하고 몸 속의 욕정을 배출하고 있는 동안, [……] 나는 그녀에게 기도를 허락한 신이 있을 리 없다고 단정했고, 그러므로 그녀의 기도 또한 가짜라는 생각을 했다. [……] 니 꼴을 봐라, 니 더러운 꼴을"(pp. 25~28).

이 고독한 작업은 역설적으로 그의 개인성의 표식이기도 하다. 우현을 장악한 분노의 자위는 그에게 결여된 것을 확인해준다. 번번이 찾아오는 자기 파괴적이고 성적으로 왜곡된 큰아들

10 「아가」 5장 15절.

11 「창세기」 38장 9절.

을 견디다 못한 어머니는 그를 들쳐 업고 창녀촌을 전전하고, 이후엔 동생 기현이 엄마를 대신해서 외딴 모텔에서 형과 매춘부의 만남을 주선하기에 이른 것이다.

한없이 허약해진 우현은, 비극의 상징처럼 서로를 끌어안은 채 자라는 두 그루의 나무를 유난히 아끼며 종종 숲속에서 생각에 잠긴 채 시간을 보낸다. 나무에 대한 생각은 이미 이 작품 초반에 헨젤과 그레텔 일화와 함께 등장한 바 있다. "두려운 예감처럼 문득 헨젤과 그레텔이 떠올랐다"(p. 43). 형을 따라 숲에 들어간 기현이, 너무 가난해서 아이들의 끼니조차 책임질 수 없었던 부모로부터 마녀가 출몰하는 숲속에 유기된 두 아이의 공포와 깊은 어려움을 떠올렸듯, 독자들도 그림 형제의 이야기 속에서 마녀의 포로가 되어 각각 하인과 저녁거리로 전락한 두 아이, 그레텔과 헨젤을 떠올릴 수 있다. 그레텔의 기지 덕분에 헨젤은 마녀의 먹잇감이 될 위기를 넘겼고, 마침내 마녀는 뜨거운 오븐 속에 운명을 맞는다. 이로써 헨젤은 그레텔에게 그 어떤 것으로도 갚을 수 없는 빚을 진다. 마치 우현의 잘려 나간 두 다리처럼.

"여기서 길이 끝나"(p. 44)라고 말할 때 우현이 숲속에서 본 것은 삶의 끝이며, 그는 숲과 한 몸이 되어 나무로 변하는 꿈을 꾼다. 순미에 대한 사랑은 그가 가진 두 겹의 장애—절단된 다리와 도둑맞은 카메라—로 불가능해지고, 그의 사랑을 영원한 것으로 만들고자 하는 의지로 변한다. 바로 여기서 나무는 사랑의 상징이 된다. 가늘고 매끄럽고 부드러운, 피부가 곱고 까무잡잡한 여자를 연상시키는 나무. 때죽나무가 소나무를 아주 다정하게 마치 에덴동산에 있던 선악의 나무처럼 휘감고 있다. 이후 순미 역시 이와 유사한 꿈을 꾸며 우현과 재회하게 될 것이다. 대지의 어머니는 죽음을 맞이할 때와 똑같이 사랑을 맞이한다. 순미와 우현은 이 세상 너머의 사랑, 영원히 변하지 않는 사랑을 꿈꾼다(p. 245).

한편 생명의 상징인 나무는 세상을 이루는 세 가지 요소의 결합체이다. 땅속뿌리는 나무의 몸통과 공기로부터 양분을 얻는 나지막한 잎사귀들을 탄생시키고, 높은 데 달린 나뭇잎들은 하늘을 가리키며 땅과 하늘 사이를 연결한다. 지하 세계의 무시무시한 신성들은 우라노스 세계의 공중 신성들과 결합할 수 있다. 집의 주축을 이루는 나무는 유대-그리스도교 문화 속에서 신전을 지지하기도 하며, 생명의 나무와 거기에 수반되는 성적 상징을 구현한다. 하지만 그것은 양가적 상징으로, 남성이면서 여성이기도 하다. 자웅동주, 아버지 남근의 상징이면서 제롬 보쉬Jérôme Bosch의 그림 「성 앙투안의 유혹La Tentation de Saint Antoine」에서처럼 아이에게 젖을 물리는 어머니를 상징하기도 하는 것이다. '피부가 곱고 까무잡잡한 여자' 같은 때죽나무의 라틴어 학명은 *Styrax officinalis*. 헤로도토스나 디드로와 달랑베르의 『백과전서*L'Encyclopédie*』에선 수액 나무로 묘사된다. "희끄무레한 입자나 부스러기로 이루어져 있으며, 진액은 다소 자극적이면서도 썩 괜찮은 맛을 지녔다." 그러나 이 설명에선 정액에 대해 단 한 줄도 적혀 있지 않다(우현은 발작할 때 사방으로 정액을 뿜었다). 바쿠스가 든 왕홀의 꼭대기를 장식하는 것은 솔방울, 그리고 기둥을 부둥켜안 듯 타고 올라가는 나무는 바쿠스의 수호신 키벨레의 상징인 소나무이며, 풍요의 신 목신의 상징

역시 소나무이다. 한 그루의 나무가 아주 다정하게 또 다른 나무를 끌어안는 이 에로틱한 장면은, 다음 날 혼자 숲으로 들어간 기현이 본, 땅속에서 서로를 얼싸안은 "모르긴 해도 뿌리들이 지상의 줄기들보다 훨씬 더 적극적이고 노골적인 모습으로 소나무를 휘감고 있을 것 같은"(p. 51) 형상으로 더욱 구체화된다. 동굴 속에는 물푸레나무가 자란다. "들어가고 들어가고 들어가면 거기 어딘가에 하늘을 떠받치고 있는 거대한 물푸레나무가 한 그루 서 있을지도 모르지. (……) 저 속으로 들어가서 하늘만 아니라 시간까지도 떠받치고 있는, 태고부터 있어 왔던 그 거대한 물푸레나무를 만져보고 싶다는 꿈을 꾸곤 하지"(pp. 246~47).

사랑의 의미는 실로 다양하다. 형만 편애하며 자기를 내쳤다고 생각하는 기현은 부모의 사랑을 갈망하지만, 서로 얼싸안은 두 그루의 나무 형상은 그가 갈망하는 것이 어쩌면 형의 사랑은 아닌지 반문하게 만든다. 그것은 어쩌면 때로 증오하고 때로 갈망하기도 하는 사랑의 기나긴 추격전이다. 이런 점에서 기현과 우현 형제는 『지상의 노래』에 이미 등장했던 압살롬과 암논의 표상에서 멀지 않다. 그리고 순미, 정절의 여인 다말이 있다. 하지만 그녀의 정절은 곧 유린된다.[12]

잃어버린 진실을 되찾겠다는 욕망으로 환기된 물푸레나무는 북유럽 신화에 나오는 세계수(위그드라실)로, 그 *중심축axis*

12 다윗의 아들 암논은, 이복형제인 압살롬의 누이이자 자신과는 이복남매인 다말을 사랑한다. 고백할 수 없는 사랑에 병이 난 암논은 술수를 동원해 다말을 유린한다. 압살롬은 누이의 복수를 위해 이복형 암논을 죽인다(「사무엘하」).

mundi(세계축)은 창조물로 가득 찬 새로운 세상을 가로지른다. 이 나무는 인간과 신, 지하 세계, 산 자들의 세계와 하늘을 이어주며, 다양한 문화 속에서 여러 가지 양상으로 등장한다. 우리는 한 사회 속에서 이 나무가 짊어진 역할을 사랑하지 않을 수 없다. 이 나무는 원형, 다시 말해 집단 무의식이 일부를 차지하는 원초적이며 보편적인 상징이다. 고대 북유럽 서사시집 『에다 *Edda*』에서 "기원의 물푸레나무"는 인류와 모든 인종의 기원으로 등장한다.[13] 미르체아 엘리아데는 "그 어떤 나무도 그 자체로 숭배된 적은 한 번도 없었다. 하지만 언제나 누군가를 위해, 그 누군가를 통해 모습이 드러난다"라고 썼다. 하늘을 가리키는 이 물푸레나무는 힘의 나무로, 예전엔 창 손잡이로 쓰이기도 했다. 물푸레나무 잎은 여전히 파릇파릇하고 수많은 동물에게 휴식처가 되어주지만 뱀(유혹자?)에게도 도피처를 제공하기도 한다. 또한 물푸레나무는 언제라도 모든 것이 다시 시작될 수 있다는 도덕적 정확성과 확실성을 구현한다. 이 희망의 나무가, 세 가지 서로 다른 세상을 이어주었듯 가족을 한데 모이게 할 것이다. 왜냐하면 이것은 바로 진실의 나무이므로.

기현이 다정하게 어루만진 순미의 기타 속에 '나타난' 동굴에 대해 생각해보자. '그녀의 기타는 사람의 피부처럼 따뜻하고 부드러웠다'고 말하며, 꿈속에서 기현은 성적으로 흥분하는데, 기타의 홈 속으로 들어간 그는 그곳에서, 미로 같은 길을 따라 들

13 M. Pongracz·J. Santner, *Les rêves à travers les âges*, Paris: Buchet-Chastel, 1965.

어가 동굴을 만난다. 그리고 그 안으로 들어간 날이면 기현은 어김없이 몽정을 한다. 말해지지 않거나 행해지지 않은 것이 씌어질 수 있듯, 구멍 난 기타는 설명할 필요 없이 성적 이미지를 띤다. 『식물들의 사생활』에서 음악은 도처에 깔려 있다. 『생의 이면』에서도 음악은 도드라진 역할을 하지만, 『식물들의 사생활』에서 음악은 비극이 발생하기 전 거리낌 없이 집 한복판을 활보한다. "우리집에는 그녀의 목소리가 언제나 출렁거렸다"(p. 57). 서서히, 주인공의 형을 향해 부르는 이 노래들이 처음엔 질투의, 그리고 차차 욕망의 계기가 된다. "그녀는 급기야 내 꿈속으로 들어왔다. 내 꿈속에서 그녀는, 나의 염원대로 나를 위해, 오직 한 사람의 청중인 나만을 앞에 놓고 노래를 불렀다. 아름답고 황홀한 노래였다"(pp. 60~61).

음악은 사랑의 대상이 될 수 없음을 노래하고, 욕망과 그것의 실현을 분리시키는 거리를 표시한다. 집 안이라는 한껏 축소된 공간에서마저 단절된, 인물들 사이의 거리를 채워주는 것이 바로 음악이다. 그러나 음악이 인물들 사이를 이어준다고 해도, 인물들 간의 거리는 좀처럼 좁혀지지 않는다.

식물들의 향기에 살짝 덮인 채 과거의 배신, 레스토랑 여종업원과의 사랑, 착각과도 같은 꿈들이 있는 공간, 주인공들은 거기, 여전히 불확실한 잃어버린 공간에서 서로 만나며, 삶을 재구성한다. 어느 한곳에 정착할 수도 확정될 수도 없는 말과 삶 들은 그들의 유일한 집에서 다시 떠돌이가 되어야 한다. 문장은 허공에 부유하면서, 마무리를 위해 태어난 마침표와 영원히 어우러지지 못할 것이다.

끝을 모르고 되살아나는 죄의식

형의 사고에 대해 기현이 갖는 책임감과 죄의식이 다른 잘못들을 은폐해주지는 않는다. 우선 군사독재 시절, 거리의 시위대 찍기에 열성적이던 형으로부터 카메라를 훔친 행위를 들 수 있다. 차갑고 기술적이며, 예술보다는 '현실' 포착을 목적으로 하는 사진들. 다시 말해, 형의 정치적 연루를 증명하기에 충분한, 골수 운동권은 아니었다 해도 그의 정치적 입장을 보여주기엔 충분한 '보고서' 같은 사진들. 사진을 찍은 사람의 지지를 얻지 못한 현실을 복원하는 행위는 기현의 역할을 경솔함으로 한정한다. 어쩌면 카메라를 훔친 행위는 사진의 예술성을 외면하고 현실 포착에만 의미를 둔 것에 선고된 형(刑)이 아니었을까. 예술은 독재에 저항하기 위해 존재해야 한다고 생각하는 이들과 예술을 위한 예술을 주창하던 이들로 양분되던 시절이었음을 상기해볼 필요가 있을 것이다. 죄의식은, 원인들의 서열 관계에 상관없이 끝없는 자기 비하의 과정을 통해 점점 자라난다. 한편으로 이 과정은 한국의 유교 문화에 따라 장남을 편애하는 데 기반한다. 그러나 장남이 편애를 받는 데는 두 가지 다른 이유, 눈에 보이는 것과 그렇지 않은 이유를 들 수 있다. 우선 눈에 보이는 이유는 「오래된 일기」에서와 마찬가지로 장남인 우현이 똑똑해서 모든 과목에서 뛰어난 모범생이었다는 점에서 찾을 수 있다. 그리고 우현이 어머니가 유일하게 사랑했던 정계 인물, 구속되었다가 관직을 박탈당한 고위급 인사와의 사이에서 태어난 아들이라는 것은 눈에 보이지 않는 이유가 된다. 기현 스스로도 부모가 하듯 자신과 형을 비교하곤 하는데, 특히 형에 대한 어머니의 편애는 도드라진다. "그러나 그 편애는 형이 받은 부당하고 일방적인 특혜는 아니었다. 매력적인 성정(性情)과 뛰어난 자질로 편애를 취득했다. 그는 편애의 대상이 되기에 충분했다. 열등한 동생인 나와의 상대적인 비교를 통해 형이 받은 편애는 얼마든지 정당화될 수 있었다. 일찍부터 열등감은 내 음식이고 음료였다. 나는 형보다 공부를 못했고 운동도 못했다. 얼굴도 형보다 잘생긴 편이 아니었다"(p. 37).

기현이 느낀 체념은 사실 껍데기에 지나지 않는다. 다른 감정과 함께가 아니었더라면, 체념은 행동하려는 욕망, 기현이 파괴했다고 생각한 것을 재건하려는 욕구를 전부 제거해버렸을 것이다. 뱅상 드 골자크Vincent de Gaulejac의 논의대로라면, 체념은 이야기를 역사로 옮기는 가족 소설을 다시 쓰도록 기현을 충동질하지 않았을 것이다.[14] 체념 후에 찾아오는 것은 증오다. 카메라를 훔친 다음, 두번째 절도를 저지르듯 형의 애인 순미를 끈질기게 '사랑'하게 만드는 증오. 말해지지 않은 잠재적 증오, 대상이 정해져 있지 않은 증오. 그 기원은 애인을 향해 순미가 즐겨 부르던, 기현이 그녀가 오로지 자신만을 위해 불러주길 은밀히 소망하던 그 노래 속에서 찾을 수 있다.

14 Vincent de Gaulejac, *Les sources de la honte*, Paris: Desclée de Brouwer, 1996.

"당신을 위해 준비했어요, 내 마음. 언제부터 서 있었는데 눈길 한번 안 주나요? 더 얼마나 서 있으란 말인가요? 녹아내리기 전에, 스스르 녹아 흔적도 없이 사라지기 전에 내 마음을 찍어줘요, 사진사 아저씨……"(p. 67).

기현은 꿈꾼다. 이 노래가 언젠가는 오직 그만을 위해 불리기를, 그가 사랑의 대상이 될 수 있기를.

미메시스적 욕망

형과 대등해지기엔 능력이 부족해서 끝없이 내쳐지면서도 형 곁에서 살겠다는 기현의 결심은, 그가 형의 애인이자 기타 치며 노래를 잘 부르는 재능 넘치는 순미를 사랑하게 되면서 다른 차원으로 나아간다. 사랑의 대상이 된 순미는 기현으로부터 『생의 이면』의 '종단'과 같은 압력을 받는다. 사랑의 대상은 사랑과 혼돈된다. 순미는 이렇게 옮겨진다. 그녀는 오로지 삼각관계에서만 가능한 불타는 사랑을 받는다. 여기서 욕망되는 것은 욕망의 대상이라기보다 그녀를 소유한 자의 욕망이고,[15] 순미는 기현을 사랑하지 않고 모든 애정을 우현에게만 쏟아부은 어머니의 재현이다. 숲을 지나던 기현의 머릿속에 문득 헨젤과 그레텔 이야기(p. 43)가, 그레텔에게 빚진 헨젤의 이야기가 떠올랐듯, 순미는 기현에게 장남을 편애해온 어머니를 떠올리게 한다. 왜냐하면

15 René Girard, *Mensonge romantique et vérité romanesque*, Paris: Grasset, 1961.

순미는 어머니가 그랬듯 기현이 느끼는 감정을 티끌만큼도 공유하지 않는 인물이기 때문이다.

형의 사고에 대한 책임이 기현으로 하여금 죄의식을 유발하는 요인으로 보인다면, 이 죄의식의 출발점은 어쩌면 부당한 것일 수도 있다. 그 근원은 본래의 죄의식과 결합되는 과정에 있다. 언제나 형만을 편애한 부모로 인해 잔뜩 약해진 자존감과 죄의식이 기현이 타인과 맺는 병적 관계의 근원이 된다. 『생의 이면』에서 주인공이 그토록 갈망하였으나 외면받던 애인과 마침내 맺는 거의 병적 수준의 사랑은, 순미와 어머니 이 두 여성을 한 사람으로 혼돈하며 맺는 관계와 다르지 않다. 이 부당성은 혐오와 폭력, 죄의식을 낳는다.

긍정적인 이미지도, 주체의 구축에 필요한 정체성도 가질 수 없는 불가능성을 파고드는 죄의식. 그렇지만 그것은 결코 개인의 문제가 아니라 사회적으로 만들어지는 것이다. 특히 자신이 본래 속한 계층에서 다른 계층으로 수직 이동할 때와 같은 배신감과 수치심이 죄책감을 자극한다. 치욕[16]의 근원에는 끝이 없다. 그것은 아버지, 그리고 아버지의 대리인 같은 형의 정체성이 상징하는 모든 것과의 비교 과정에서 저절로 형성되는 것이다. "우리집에서의 나의 존재라는 것이 그처럼 보잘것없어서 흡사 개와 같은 취급을 받는 것이 사실"(p. 69)이라는 기현의 잦은 확언은 불가능한 자기 확인에서 기인한 자기 추방의 과정으로만 향할 뿐이다. 이런 주체를 사랑하는 게 불가능해진 사랑의 대상

16 Vincent de Gaulejac, *Ibid*.

들은 서서히 도구로 전락한다. 순미를 향해 점점 격앙되는 기현의 사랑은 점점 고조되는 가족을 향한 증오와 나란히 진행된다. 하지만 이 발견은 욕망하는 주체를 넘어선다. 그것은 기현이 전에 품었던 생각에 대한 유죄 판결처럼 끼어든다. "하나의 관념, 또는 추상화된 사랑을 붙잡고 늘어졌다"(p. 62).

순미를 향한 이 일방적인 사랑은, 형이 가진 것을 빼앗고 그를 부정하면서 형성된다. 형이 찍은 사진들, 형의 카메라, 순미의 노래가 담긴 카세트테이프, 반복적인 염탐은 연적에 대한 승리와 다르지 않을 것이다. 형으로부터 그의 특권을, 자신과는 다른 것들을, 형의 사랑을 빼앗기. 그 마지막은 형이 애인에게 느끼는 욕망의 탈취일 것이다. 미메시스적이며 강박적인 욕망, 기현은 자신을 거부한 대상과 주체를 투입한다. 골절된 자아를 복원하겠다는 욕망이 변신 속으로 다시 투입되지만, 그것은 카프카적 변신이 아니다. 이는 차이와 차이의 수용에 대한 찬사가 아니다. 변신은 우선 어머니를 "한 그루의 나무가 되"(p. 131)게 하고, "내면의 어둠 속으로 침잠해들어간 것처럼 보이던 형의 깊은 얼굴"(p. 95), 그리고 마침내 "그날 밤에 나는 아버지가 한 그루의 나무로 변신하는 꿈을"(p. 141) 꾸게 한다. 때로 여성적이면서 때로 남성적 상징이기도 한 나무는 사랑의 상징이기도 하지만, 에덴동산에서는 선과 악, 잃어버린 낙원, 유년을 상징한다. 잎사귀들은 하늘을 향해 뻗고, 땅속에 잠긴 뿌리로 물을 빨아들이며 나무는 영양분을 취하고 그렇게 취한 것들로 세상과 연결된다. "나무의 길고 깊은 뿌리가 태평양을 헤엄쳐서 브라질이나 인도네시아의 어느 밀림에 닿는 그림이 그려졌다. 나무가 밤마다 한 번씩, 혹은 두 번씩 태평양의 물밑을 오가는지 누가 알겠는가. 나무가 움직이지 않고 한곳에 고정되어 있다는 생각만큼 악의적인 편견도 없다, 라고 나는 생각했다"(p. 178).

이 소설에서 변신은 카프카처럼 변신 이후의 모습들에 대해 미리 예고하는 게 아니라 이전 단계, 초기 단계, 순수한 사랑의 단계로의 회귀를 알릴 뿐이다. 그것들이 전부 상황의 소산이므로.

나는 가족을 사랑하리라!

나무를 포함해 작품 속 등장인물 모두를 불러 모은 마지막 장면[17]은 결정적인 위치를 차지하며 작품을 해결하는 열쇠가 된다. 모든 인물이 외딴 오두막집에 차례로 모여드는데, 우선 어머니와 옛 애인은 미완의 이야기를 마침내 완성한다. 죽음을 앞둔 애인과 어머니는 기현이 숨어서 지켜보는 앞에서 결합하며, 기현은 그런 두 사람을 언뜻 나무로 착각한다. 마치 자연법칙이 그러하듯 저마다 잃어버렸던 부분을 찾아나가는 것이다. 어떤 면에서 두 사람의 재회는 가족 공동체의 실패를 의미한다. 옛 연인의 재결합은 '그 모든 것을 넘어선 것'이고, 엿보는 아들은 멀리서 그들을 관찰하면서 어떤 혐오감도 느끼지 않는다. 순결한 것

17 장면을 뜻하는 프랑스어 la scène은 최후의 만찬을 가리키는 단어 La Cène〔라센〕과 발음이 같다.

은 '그 모든 것을 넘어선 것'이므로 아들은 현실을, 역겨운 현실을 거부하지 않는다. "몸이 가장 정직하고 가장 확실하게 말했다. 몸보다 정직한 말은 없었다. 몸보다 확실한 말도 없었"(pp. 161~62)으므로. 작가의 또 다른 작품 『욕조가 놓인 방』에서도 우리는 몸의 언어를 읽을 수 있다. 이 재회한 커플에서 어머니는 체포 전날의 예수와 같이[18] 가장 아름다운 사랑과 겸손의 예를 행한다. "땀내 나는 남자의 발을 씻기면서 어머니는 자기가 그를 사랑한다는 사실을 실감했다"(p. 157).

또한 어머니와 옛 애인의 재회는 실제로 가족의 실패를 나타낸다. 남편은 다른 남자를 사랑하는 아내를 사랑하고, 기현은 우현을 사랑하는 순미를 사랑한다. 삼각 실패. 실패해서는 안 될 것을 다시 만들어낼 수 있는 건 오직 하나, 나무뿐이다. 순미가 꾼 꿈이 바로 그런 것. 한 여자가 나팔을 부는 젊은 악사를 사랑한다. 매일 밤 두 사람은 별 아래서 끝없이 사랑을 맹세하는 가운데, 여자를 사랑하는 성주의 음모로 악사는 전쟁터로 보내진다. 거기서 눈과 팔을 잃은 채 마을로 돌아온 그를 여자는 여전히 사랑한다. 그런데 악사는 이제 사랑받고 싶어 하지 않는다. 장님에 더 이상 악기를 연주할 수 없는 그가 바다에 몸을 던지자, 그의 슬픔을 이해한 바다의 신은 그를 씨앗으로 만든다. 파도는 이 씨앗을 건너편 바닷가로 운반하고 이렇게 씨앗은 한 그루 나무가 된다. 이 나무가 밤마다 나팔 소리를 내자 여자의 귀

18 체포되기 전날, 예수는 사랑과 겸손의 표시로 제자들의 발을 씻겼다(「요한복음」 13장 12절).

에까지 들려온다. 여자는 바다의 신에게 사랑하는 이가 있는 저 바다 건너로 가게 해달라고 애원한다. 하지만 바다의 신은 여자의 부탁을 들어주지 않고 여자는 슬픔을 못 이겨 세상을 뜨고 만다.

기현은 본질을, 가족이라는 단위를, 비록 껍데기뿐이라 해도 지켜나갈 것이다. 그리고 사랑은 없을 것이다. 아니, 있다 해도 만족과는 먼 사랑일 것이다. 욕망도 증오도 기현에게는 여전히 마르지 않은 채 그대로 남아 있을 것이다.

4. 어디로 가야 하나
—『그곳이 어디든』에 대하여

> 그렇다면 이런 갈증과 이런 무능력이 우리에게 소리치는 것은 무엇인가? 그것은 옛날에 인간 속에 진정한 행복이 존재했었는데, 지금은 그에게 그 흔적과 아주 공허한 자국만이 남아 있다는 것, 그래서 눈앞에 존재하는 것들 속에서 얻지 못하는 도움을 존재하지 않는 사물들 속에서 얻으려고 찾으면서, 자기를 둘러싸고 있는 모든 것들로 메워 보려고 쓸데없이 노력하지만 전혀 그럴 수가 없다는 것, 왜냐하면 이 무한한 심연은 무한하고도 불변하는 하나의 대상, 즉 신 자신에 의해서가 아니면 메워질 수가 없기 때문이라는 것을 말해주는 것이 아니고 무엇이겠는가.[1]

'유'는 부정한다. 그러나 저항하지 않는다. 차라리 그는 추측

1 블레즈 파스칼, 「1. 1685년 6월의 계획」, 『팡세』(전정판), 김형길 옮김, 서울대학교출판문화원, 2010, p. 106.

하는 편이다. 이렇다 할 설명도 없이 지방 발령을 받은 유, 첫번째 패배라고 할 수 있는 이 사건으로 유는 미래를 만들어낸다. 자신이 처한 상황을 유감으로 여길지언정, 저항은 하지 않는다. 유는 거기서 새로운 기회의 가능성을 모색하는 인물인 것이다.

유가 아내에게 전근할 처지에 몰려 함께 서울을 떠나야 하는 상황이 되었다고 말하자 아내는 냉담한 반응을 보인다. 이때도 유는 짐짓 놀랄 뿐 성내지 않는다(남편의 길을 따르지 않는 아내라니!). 술주정뱅이에 도박 중독, 빚더미에 몰려 죽음을 앞둔 옛 애인의 병상을 지키겠다고 단단히 마음먹은 아내에게 남편의 지방 발령은 오히려 절호의 기회가 된다. 아내는 결혼 당시 두 사람이 함께 정했던 관계의 기본 요건들을 근거로 남편과의 동행을 거부하고는 옛 애인에게 가겠다고 선언한다. 유가 아무리 전통적인 부부 관계에서 남편과 아내의 의무를 따진다 한들 아내의 결심은 흔들리지 않는다. 아내의 의지는 완고하며, 그런 아내의 모습에 유는 미궁과도 같은 상념에 빠지고 니체가 말한 위버멘슈Übermensch(초인)를 떠올리게 된다. 유는 "결혼이라는 제도의 구속성은 극복되어야 할 통속에 지나지 않을 것"(p. 15)이라는 사실을 인정하면서도, 그것을 실천에 옮기는 게 왜 하필 자기 아내인지에 대해서는 도무지 이해할 수가 없다. 어쩌면 두 사람의 관계에서 니체가 말한 초인Surhomme이란 사실 초여성Surfemme인지도 모르겠다. 사회 전반에서 남성이 주도권을 쥐는 한국 사회에서 유와 아내의 관계는 결코 심상치만은 않다. 이렇게 본사로부터 지방 발령을 받은 이유와, 아내가 자신과의 동행을 거부하는 진짜 이유가 뭔지 추측하다 길을 잃은 그 순간, 유에게 두번째 패배가 닥친다. 유라는 등장인물의 존재성과 직접적으로 연관되는 두 가지 중요한 실마리, 즉 일(한국 사회에서 아주 중요한 위치를 차지하는 대상)과 가족(끝없는 해체와 재구성을 반복하게 되는 대상)의 끈은 점차 느슨해지다 못해 종내 끊어지고 말 정도로 아슬아슬하다. 우리에게 아무것도 알려진 바 없는 유라는 인물은 이제 무력함("이해하지 못할 바에는 이해하지 않는 편이 낫다. 왜냐하면 이해하지 못하는 이해, 공감하지 못하는 포착이 울적한 기분과 시니컬한 심리 상태로 유도하기 때문이다", p. 13) 속에서 계속해서, 규칙적으로 흔들리고 우리는 거기서 그의 만성적인 우유부단함을 확인한다. "이래저래 그는 서리로 움직이게 되어 있"(p. 10)는 것이다.

그런 유의 머릿속에 문득 떠오르는 예수의 한마디. "천국은 여기나 저기에 있지 않고 너희 마음속에 있다." 이 세상은 여기든 저기든 유에게 아무 약속도 지켜주지 않는다. 스스로 세상을 움직일 수 있다고 생각하는 것은 착각이요, 오만한 과오일 뿐이다. 지방으로의 전근과 아내의 부재를 덤덤히 받아들이는 순간, 저항이니 반항이니 하는 말들의 의미는 전부 무너지고, 유는 이제 반항하는 인간이 아닌 "짐승처럼 구는"(p. 67) 한 인간이 된다.

유배지

서쪽에 위치한 외딴 읍 소재지 '서리'. 한때는 중죄인을 귀양 보내는 유배지였다는 이곳은 외재화된 서양의 구현이자 무한한 잠재성의 기호가 된다(이에 반해 동쪽은 동양의 우주생성론을 바탕으로 한 관조적 자연을 상징한다). '재생'을 이 작품을 가로지르는 중요 모티프로 본다면, 재생은 그것이 이루어질 공간을 필요로 하며 그곳은 분명 '여기 혹은 다른 곳'이자, 특히 이 모질고, 몽환적이며 음흉하고 난폭한 인간으로 가득한 '여기'이다. 제자리를 찾지 못한 듯 떠도는 풍경(개인적으로는 전라도 담양의 서쪽, 바다에 잡아먹힌 땅이 떠오르기도 한다), 한때는 농사를 지어 먹고살았으나 지금은 어설픈 비즈니스로 돌아선 주민들, 가난한 자들이 얻을 거라곤 아무것도 없는 곳이 바로 '여기'이다.

'여기'에서 유는 이제 강산종합리조트라는 부동산 컨설팅 회사의 서리 지사를 찾아내야만 한다. 미국식 자본주의에 물든 유의 회사는 서리에 유령 지사를 만들어두고 본사에서 함께 일하길 꺼리는 직원을 파견하고 있었다. '지저분한 철문'이 유일하게 사무실의 존재를 알리는 곳. 대답 없는 전화벨 소리가 허공으로 흩어지고, 지사를 지킨다는 직원은 감감무소식이다. 영문도 모른 채 회사의 처사를 묵묵히 받아들인 유는 이렇게 서리에 도착하고, 어디로 가야 하는지 알지 못하는 마을에서의 모험이 시작된다. 유는 서리 지사 사무실을 좀처럼 찾아내지 못하고 길을 헤매며, 몇 가지 질문을 던지지만 아무런 대답을 얻지 못한다. 마을 주민들은 조용하고 무심하며 적대적이다. 그 누구도 유에게 관심이 없고, 설사 있다 해도 그건 유가 가진 것을 빼앗고 속이거나, 술집 '왕국'에서 붉은 격자무늬 남방셔츠의 사내가 그렇게 했듯 유에게 치욕을 안기기 위해서일 뿐이다. 이렇게 서리까지

와서 유는 흠씬 두드려 맞는다. 그러나 그가 짊어져야 할 십자가는 아직 끝이 보이지 않는다. 하나같이 묵직한 비밀을 품고 사는 듯한 마을 주민들은 어쩌면 유 자신보다도 먼저 그의 운명을 알고 있는 것만 같다. 사실, 서리 마을은 이미 시장 선출권을 포함한 모든 종류의 권력을 쥔 건달 무리의 손에 들어가 있었다(장편 『한낮의 시선』에선 부패한 정치인 무리가 등장한다). 서리 마을에 드리워진 짙은, 들을 수도 볼 수도 없는 공포를 지배하는 것은 다름 아닌 건달 조직의 권력이었다. 하지만 유에게서는 일말의 비탄도 찾아보기 힘들다. 우리가 그에게서 엿볼 수 있는 것은 기껏해야 불안 정도. 결코 싸울 기회를 주지 않는 불안이다. 그것은 분명 유가 '이곳' 사람이 아니며, 그 어디에도 없는 사람이기 때문일 것이다. "어디나 고향이기 때문이 아니라 어디나 타지이고 이방이기 때문에 그곳이 그곳이었다"(p. 27)라고 그 스스로 말하지 않는가.

불길한 예시를 남긴 꿈을 꾸었다며 서쪽으로 가지 말라던 어머니의 충고를 유는 들었어야 했다. 어머니의 꿈속에선 한 남자가 모래 더미 위에 누워 있었다. 모래 알갱이들이 서서히 남자의 몸 위로 쌓여가다 마침내 남자의 몸을 완전히 덮어버렸을 때, 모래는 돌연 공격 태세를 갖춘 음흉한 뱀으로 변해 남자를 휘감고 스르르 몸을 움직이기 시작했다고 한다. 물론 이 뱀은 하느님이 자신의 능력을 입증하기 위해 뱀으로 둔갑시켰다가 도로 지팡이로 만든 모세의 지팡이와는 다르다(「출애굽기」 4장 3절). 그보다는 오히려 이브를 유혹했다가 에덴동산에서 추방되고 하느님으로부터 배로 기어 다니며 흙을 먹으라는 저주를 받은 뱀 쪽에 더 가까울 것이다(「창세기」 3장 14절). 뱀과 서쪽 방향은 곧 위험과 연결된다. 아무래도 유는 어머니의 말을 들었어야 했다. 「시편」에서도 이렇게 경고하지 않았던가. "동이 서에서 먼 것 같이 우리의 죄과를 우리에게서 멀리 옮기셨으며"(「시편」 103편 12절)라고.

땅과 산을 대신하는 모래는 성경 속 군중과 등가 관계를 이루며, 그로부터 스스로를 지켜야 하는 숱한 과오를 상징하기도 한다. 어디든 침투하기 쉽고 유약하고 무른 모래, 휘몰아치는 바람에 날려가기 직전의 모래의 모습은 땅을 기는 뱀과 동일시된다. 작품 속에서 모래는 물질의 상징이자 후퇴의 모티프가 되어 지상의 가장 깊숙한 곳을 상징한다. 모래는 어두운 세상이 되고, 이제 거기에서 뱀 한 마리가 불쑥 튀어나와 생과 사를, 경우에 따라서는 삶 아니면 죽음을 우리에게 제시하는 것이다. 이렇게 하여 뱀은 오토 랑크Otto Rank[2]가 말하는 원형의 총체가 된다. 우리가 흔히 알고 있는 것과는 달리 여기서 성적 의미는 거드는 것일 뿐 중심이 아니다. 어둡고 후미진 곳에서 스르르 나타나는 뱀은 가스통 바슐라르가 말하는 "곧고 둥근, 순하고 단단한, 부동이거나 민첩한", 여성적이면서도 남성적인 이중적 이미지를 간직한다. 남자는 자기 욕망의 고삐를 풀어 뱀에게 모든 것을 내맡기고, 그리하여 유혹이 남자의 몸을 감싸 어둠 속으로 다시 내쫓는다. 그러므로 이것은 모성 회귀의 꿈 내지 잃어버린 것에 대한 꿈의 다른 모습이다. "내장에도 동굴이 있는지, 벽에 부딪쳤다 튕겨 나오면서 부풀어 오른 그런 소리가 내 가슴 저 안쪽에서 울

2 오스트리아 태생 분석심리학자로, 프로이트의 제자이다.

렸던 것 같기도 하다"(p. 42)라고 어머니가 말했듯이 말이다.

그럼에도 유는 서리로, 서쪽으로 갈 것이다. 사나운 짐승의 울음처럼 몰아치는 바람, "기다렸다는 듯" 와락 달려들어 입속으로 들어와 폐를 틀어막는 모래 흙먼지, 필시 복음서 속 예수의 말 "천국은 여기나 저기에 있지 않고 너희 마음속에 있다"에서 끄집어내었을 법한 표어 "어디에 계시든 편안하시길 바랍니다"라는 인삿말에도 불구하고 냉담하기만 한 주민들. 상황이 이러할진데 스스로를 지키는 게 도대체 무슨 소용이란 말인가. 세상이란 앞서간 것들에 의해 조건 지어지는 법이고, 바로 그런 이유에서 우리는 무엇을 바꿀 수도 수정할 수도 없는 처지가 된다. 우리에겐 선택할 권리만 주어졌을 뿐 거절할 권리가 없다. 『가면의 생*Pseudo*』에서 로맹 가리(에밀 아자르)가 말하지 않았던가. '인간이란 모두 어딘가에 더해진 존재'일 뿐이라고. 그의 단언에는 추호의 망설임도 없다. "내가 나의 세계를 이룬다는 것은 착각이거나 오만이다. 세계는 나에 앞서 이미 이루어져 있다. [……] 유는 얼굴을 찡그리며, 빌어먹을, 아, 빌어먹을, 이런 거지 같은…… 하고 구시렁거렸고, 그럴 때마다 입속으로 흙먼지가 숭숭 빨려들어왔기 때문에 기침을 했고, 이내 입을 다물어야 했다"(pp. 28~29).

서리 마을의 그 누구도 유의 지극히 단순한 질문에도 대답해주지 않는다. 몰라서인지 감추고 싶어서인지 그 이유를 도무지 가늠하지 못하는 유는 "도깨비바늘에 맨살을 스친"(p. 44) 느낌이 되고, 매 순간 옆으로 몸을 돌릴 때마다 (위험은 절대로 정면에서 오지 않는 법이므로) 흙먼지 구름이 그를 둘러싸고 일어나는 것만 같은 기분에 사로잡힌다. 전근을 명받아 찾아온 지사가 마치 유의 처지와 마찬가지로 지상으로부터, 부부 관계로부터, 본사로부터 뚝 떨어진 마을에 자리한 유령 회사에 지나지 않는다는 사실을 확인하기 무섭게, 유는 도무지 이해 불가능한 일련의 사건들처럼 허공에 붕 뜬 채 두 개의 서로 다른 세상 사이에서 부유한다. 이로써 카타르시스나 모색이 들이닥칠 조건은 충분해진다. 구원은 그다음 문제다. 유가 묵는 여관방에 식당 여자가 '아가씨'를 들여보낼 때, 유의 동의나 의견 따위는 중요하지 않다. 유는 다만 만성적 유약함으로 '아가씨'를 받아들이고 침대 가장자리에 그녀와 나란히 걸터앉는다. 거기서 유는 "광야처럼 까마득하게 넓게 벌어지는"(p. 73) 관계를 느끼며, "사나운 개처럼 컹컹대는 바람과 날리는 흙먼지와 지저분한 거리와 금방 무너질 것 같은 담벼락에 붙어 있던 경고문과 우울하고 불친절한 사람들"(p. 71)을 떠올린다.

유의 자기 탈출

돌연 선택하지도 않은 운명의 마리오네트가 되어버린 유, 분명 누군가 그에게 장난을 걸고 있다. 유의 눈엔 사람들 모두 뭔가를 감추고 있는 것으로 보이고, 등 뒤로는 사악한 모종의 수작들이 꿈틀댄다. 카프카의 『성』에 등장하는 K가 그랬듯 불가사의한 힘의 표적이 된 유도 여지없이 도망을 친다. "객관의 입장을 견지하고 살피는 경향"(p. 113)이 되어 "육체가 지배자로 있"(p.

254)지 않게 하기 위해 이따금 죽음에 대한 생각이 주인공을 스쳐간다면, 그것은 상실과 박탈의 또 다른 모습일 것이다. "늪에 빠진 상태"(p. 198)인 듯 차꼬를 안 찬 죄수가 되어버린 유. "바깥을 감각하는 기관인 육체가 지배자로 있는 한 인간에게 진정한 평화와 자유는 없다"(p. 254).

겉보기와 달리, 유는 천진하기만 한 존재가 아니다. 그는 자기 주위에서 일어나는 것들을 보고 느낄 줄 아는 인물이다. 자신이 무엇의, 누구의 장난감이 되었는지 유는 알고 있다. 다만 바깥 상황들이 유의 의지를 조정할 뿐이다. "상황은 외부의 조정기가 되어 원격으로 그의 움직임을 조정한다. 그때 그랬던 것처럼 지금도 의지는 아주 조금 작동하거나 전혀 작동하지 않는다. 이런 식으로 외부의 조정기가 의지의 기능을 지속적으로 대신하게 되면 의지는 곧 퇴화하고 말 것이다"(p. 89).

유가 직면한 것은 통찰력이나 분별력의 부재가 아니다. 유를 사로잡아 이중적 태도를 야기하는 것은 무기력증이다. 자신에게 닥친 사건들에 관한 한 명료히 깨어 있는 유, 그는 스스로의 행위에 대가를 치르는 것은 자기 자신이라는 사실을 확인하기 위해 행위 중인 자기 모습을 들여다본다. 대체 이 모순은 어떻게 형성되는 걸까. 이러한 각성의 부재는 어디서 기인하는 걸까. 유는 스스로를 위한 방어 기제가 없다는 사실에 무섬증을 느낀다. 유는 "나는 매사가 그렇게 흐물흐물한 편이다"(『생의 이면』, p. 14)라고 말한 『생의 이면』의 화자와 같은 처지가 된다. 그런 유는 주도권과 결정권을 은근슬쩍 아내에게 넘겨버린다. "그 역시 내심 동행을 원하지 않았으면서도 그녀에게 분명한 거부 의사를 먼저 표현하게 하고, 자기는 피해를 당한 거라는 유의 의식을 배양한 것이라면, 그렇게 함으로써 가해의 부담으로부터 자유로워지고자 한 것이라면, 피해자라는 가면 안쪽의 안락함을 도모한 것이라면, 교묘한 쪽은 유가 된다"(p. 26).

이런 유에게 모든 일은 도무지 극복해낼 수 없는 시련이다. 유에게는 맞서 싸우거나, 이의를 제기해보려는 의욕이 없다. "사나운 개처럼 컹컹 짖어대는 바람과 바람에 날리는 붉은 흙먼지들과 진드기가 달라붙는 듯한 끈적끈적한 공기와 지저분한 길거리에 대해 이의를 제기할 처지에 있지 않았다. 투덜거릴 수는 있지만 이의를 제기할 수는 없었다"(p. 27).

스피노자는 이렇게 말한다. "우리들은 우리가 다른 것 없이 자신에 의해서만 파악될 수 없는 자연의 일부인 한에서 작용을 받는다"[3]라고. 우리는 우리를 무장해제시키는 자 앞에서 수동적이 된다. 유는 그의 능력으로는 이해 불가능한 욕망의 세계 안에서 길을 잃은 외톨이이자 자기 욕망의 희생자이다. 무장해제된 유는 마을 사람들의 소리 없는 폭력에 포위당한 채 방향을 잡아보려 기를 쓸 뿐 저항하지 않는다. 스스로에게 저항하는 것은 탄압에 대한 정당화와 인정으로 되돌아올 것이다. 다행히도 유는 저항에 유죄 판결을 내린다. 유는 이제 알베르 카뮈의 『반항하는

3 베네딕트 데 스피노자, 『에티카』, 강영계 옮김, 서광사, 1990, p. 249.

인간L'Homme révolté』 속 한 구절 "우리 안에 영원히 간직할 것이 아무것도 없는데 왜 우리는 반항하는가?"를 몸소 실천하며, 반항의 부재를 전제로 하는 이 자기 상실의 상태 속에서 이렇게 공언한다. "그것은 그가 자기 자신으로부터 분리되고 싶거나, 자기 안의 다른 존재를 불러내고 싶어 한다는 뜻이었다"(p. 102). 서리 마을 주민들이 구현하는 '악'을 맞닥뜨린 유. 그는 철회와 저항의 부재에, 번개가 내리치면 사라진다는 형벌을 받은 세상 속에서나 가능한 변화를 대응시킨다. 구태여 거부하지 않아도 어차피 사라져버릴 세상. "나는 이 구조와 아무 상관 없다. 맞서서 저항할 만큼도."[4]

계획된 혼돈

닫혀 있는, 익명의 세상을 상징하는 서리 마을. 불량배들이 장악한 이 마을에 대한 묘사는 빈약한데, 이는 잔뜩 억제되고 움츠린 마을의 기운에 대한 묘사 아닌 묘사가 된다. 여기에 '노아'라는 노인의 동굴이 열린 세상으로서 맞선다. 마을을 둘러싸고 이따금 이따금 스스로 환한 빛을 뿜어내는 산은 그 안에 동굴을 품고 있다. 서리 마을은 닫힌, 움직임 없는, 자기만의 법을 만들어 스스로를 향해 단단히 닫힌 세상, 지형적 조건만큼이나 부조리하고, 세상의 모든 해로운 양심들을 품은 세상이며, 그 반대편

4 Walt Whitman, *Feuilles d'herbes*, trad. Jacques Darras, Gallimard, 2002.

에는 동굴이, 내일의 세상이 있다. 불량배들의 손길이 미치지 않는 곳, 노아에게 넘겨준 동굴이 있는 그곳. 닫힌 세상은 독재자의 세상이지만, 그 세상이 끝나는 곳에 정직한 땅이 기다릴 것이다. 퇴락한 세상의 알레고리, 서리 마을은 버려진 땅에 무법천지가 형성될 때까지 모르쇠로 일관한 무능한 국가의 상징이다. 이렇다 할 원인도 없이, 그러나 모든 반응을 통째로 마비시키는 통제 불가능한 사건들이 조성하는 공포가 서리 마을을 장악한다. 모래로 덮였다가 바람이 쓸어가버리는 세상. 그것은 어쩌면 땅속에 지었다는, 그 안에 산 자와 죽은 자의 왕국이 있었다는 고대 세상의 침전물을 상징하는 건지도 모른다. 몸 파는 여자가 지갑과 신분증, 신용카드를 전부 훔쳐 달아나고, 유는 이제 아무것도, 아무도 아닌 사람이 된다. 신분증이 없으므로 더 이상 자신이 누구인지 증명해낼 수 없다는 무섬증을 유는 거듭 확인해나가면서, 한때 사회와 맺었던 협약들은 이제 아무런 힘도 발휘하지 못한다는 사실을 깨닫는다. 깡패들의 입김이 미치는 게 분명한 은행과 파출소는 유의 이야기에 귀 기울여주지 않고, 엎친 데 덮친 격으로 아내가 옛 애인의 빚을 갚아주려고 자신과 함께 살던 집을 미련 없이 팔아버렸다는 소식을 들었을 때, 유는 이미 종말에 성큼 다가서 있다. 다시 말해, 유가 서리 마을에 온 건 결코 우연이 아니었다.

'알몸에서 신에게로' 계속해서 앞으로 나아가기 위해서는 스스로의 무게를 줄여나가는 수밖에 없다고 말한 건 루이 칼라페르트Louis Calaferte[5]였다. 카뮈는 "내 반항의 중심에는 나의 동의가 도사리고 있었다"[6]라고 고백했으나, 세상을 바꾸기를 단념하는 것은 반항에 대한 단념에서부터 시작된다.

유가 스스로 발견하지는 못했지만, 그에게는 시련이 닥칠 때마다 거기에 맞서게 만드는 침묵하는 힘이 잠재해 있다. 쉽게 말하자면, 그것은 비행동, 즉 행동이 아닌 행동이라고도 정의할 수 있을 것이다. 행동이 아닌 행동을 찾아 유는 한밤중에 신비하게 빛을 발한다는, 그러나 서리 마을 주민들 눈에도 웬만해선 포착되는 법이 없는 빛을 품은 산에 다가선다. 그 산속, 그리고 굴속에선 마을 사람들이 미친 늙은이라고 부르는 노아가 돌로 작은 집들을 짓고 있다. 그것은 집이 아니라 어쩌면 무덤 반, 거주지 반인 돌무더기일 것이다. 오직 한 사람만 들어갈 수 있는 지붕위로 솟은 일종의 지하 납골당이 거기에 있었다. 협소한 그곳은 다시 한번 『생의 이면』의 골방을, 『지상의 노래』의 독방을, 『욕조가 놓인 방』의 욕조를, 『한낮의 시선』의 여관방을 만나게 해준다. 인간이란 자기 몸보다 더 큰 공간을 차지해서는 안 되는 법. 그러지 않는다면, 그건 신과 맞서는 일일 것이다. 협소함이란 오히려 그것을 통해 자기 몸에 대한 인식을 일깨우는 계기가 된다. 노아는 군사독재 시절 반정부 활동으로 호된 대가를 치른 인물로, 이 시기는 『식물들의 사생활』에서 상흔을 남기고 『지상의 노

5 프랑스 작가(1928~1994).
6 Albert Camus, *Noces*, Gallimard, 1993.

래』에서 작가가 집요하게 고발한 바 있다. 서리 마을에 정착한 노아는 레스토랑 '왕국'을 열었지만, 그곳은 이제 불법 도박과 밀거래를 일삼는 한 무리 범죄자들의 소굴이 되었다. 유가 흠씬 두들겨 맞는 치욕을 겪은 곳도 바로 이곳, 유배지의 '왕국'이다.

이제 유는 산을 올라야 한다. 산을 오르며 그는 단 두 번만 넘어질 것이고, 거기엔 노아와 그의 기이한 노동을 만나러 가는 길을 인도해주는 매개자 '다름'이라는 이름의 검둥개가 있다. 망자의 영혼을 인도하는 개. 성경에서 추방된 짐승 '아누비스'의 먼 친척. 하지만 이제 인간들 사이 중재자 역할을 임명받은 이 개는 산과 퇴락한 현세의 또 다른 상징인 폐교 사이를 오가고, 이 폐교에서 숙식하는 노아의 딸은 '일기 같은 것'(p. 169)을 쓴다. 단편 「오래된 일기」에서 밤마다 사촌의 일기장을 훔쳐 읽던 '규'처럼 유는 여자의 일기를 읽는다. 고백 형식의 이 일기는 그녀와 유가 나누는 장거리 대화의 연락소 구실을 맡는다. 어쩌면 유의 삶의 요약본이 될 수도 있을 이야기를 그녀는 이렇게 적어두었다. "나는 성공하려고 애쓰지만 그러나 내 안에는 실패하기를 바라는 보이지 않는 욕구가 도사리고 있는 것 같다. 그래서 번번이 실패한다. 그래서 심지어 스스로 돌아온다"(p. 222).

유를 변화시키는 건 유배지에서도 삶은 계속되어야 한다는 명제이다. 재생으로서의 삶이 아니라 "여호와가 광야에 길을 내고 사막에 물이 흐르게 할"[7] 그날을 기다리며 영원의 세상으로 삶은 계속된다. 상실을 예언한 세상의 아우성으로부터 멀찍이, 그리

7 「이사야」 43장 19절.

고 깊숙이 들어가 쿰란 동굴 속에서 성경을 필사해 사해사본을 만들고, 신과의 합일 속에서 세상을 이룩한 에세네파들과도 같이(이에 관한 이야기는 『지상의 노래』에서 재등장한다). 「신명기」 23장 18절에서 내쳐진 개와 창녀들이 저마다 자기 자리를 찾듯 서리 마을의 몸 파는 아가씨 역시 동굴 속으로 합류한다. 노아의 약속이란 바로 이런 것이다. "창기가 번 돈과 개 같은 자의 소득은 어떤 서원하는 일로든지 네 하나님 여호와의 전에 가져오지 말라. 이 둘은 다 네 하나님 여호와께 가증한 것임이니라."

동굴을 찾은 유는 돌기둥 집에서 아주 오래 "깊고 달콤한 잠"(p. 264)에 빠진다. 이것은 어쩌면 그가 이제 막 우주를 닮은 세상을 다시 창조한 것과 같은 행위로 보아도 되는 걸까? 신에게만 주어진 과업을 유가 해냈다는 걸까?

"어떤 지역에 정착하고 주거를 건립하는 것은 항상 전체 공동체와 개인 양자에게 중대한 결정을 요구한다. 왜냐하면 사람이 주거를 선택한다는 것은 세계의 창조를 시도하는 것을 내포하고 있기 때문이다. 따라서 신들의 작업인 우주 창조를 모방할 필요가 있다."[8]

거기서 유가 발견한 것은 행복의 시작점이 아니라 휴식이다. 그러므로 몇 페이지 뒤 두 개의 서로 다른 세상의 경계에 선 순간을 한껏 만끽하는 유의 모습에 우리는 그다지 놀랄 이유가 없다. "신경과 정신이 서서히 이완되면서 몸이 땅속으로 빨려 들어가는 것 같은 의식이 서서히 찾아오는 참이었다. 현실과 비현실

8 Mircea Eliade, *Le sacré et le profane*, Gallimard, 1965.

의 경계 어디쯤에서 그는 얼굴에 닿는, 정체를 알 수 없는 부드럽고 축축한 감촉을 느꼈다. 외부의 자극에 반응하려는 감각과 그것을 무시하고 내처 땅속으로 스며들고자 하는 의식 사이에서 얼마간 부대꼈다"(pp. 266~67). 이것은 혹시 죽음에 대한 꿈인 걸까? 하지만 "동굴은 우리가 끝이 없는 꿈을 꾸는 피난처이다. 동굴은 즉시 보호받는 휴식, 고요한 휴식과도 같은 꿈을 느끼게 해준다"[9]는 바슐라르의 말에 귀를 기울인다면, 우리는 구태여 죽음을 떠올리지 않아도 될 것이다. *테라 마테르Terra Mater*[10]를 기다리며, 유가 들이마시는 것은 죽음이 아니라 다시 태어나고 싶은 생(生)이다. 흙 속 깊숙이 들어가 가이아의 가슴을 되찾는 것, 그것은 태초의 공간, 순수한 의도를 되찾는 행위이다. 동굴 속에서 이처럼 모든 욕망과 그의 신분을 규정하는 모든 것들로부터 가벼워진 유는 이제 영적인 재생을 감행한다.

한국 무속 신앙에서 동굴은 빼놓을 수 없는 요소이다. 제주도 남쪽 중문에 위치한 본향당이라는 동굴은 50여 명을 수용할 수 있으며, 동굴 안 아주 깊숙한 곳에는 제단이 마련되어 있다. 제주도 남원읍 역시 이 같은 종류의 동굴을 두세 개 품고 있다. 제단은 분명 이 동굴들을 신이 살던 곳으로 여겼던 마을 사람들이 만들어둔 것일 터이다. 또한 단군 신화에서 곰과 호랑이가 인간이 되기 위해 시련을 감수해야 했던 곳 역시 동굴이다.

이따금 서산봉에서 뿜어져 나와 난파 위기의 영혼들을 비추는

9 Gaston Bachelard, *Ibid*., p. 208.
10 가이아, 대지의 어머니—옮긴이.

설명할 수 없는 빛. 지켜보는 이들에게 그 빛은 더 나은 세상을 향한 열망이다. 또한 모세와 불타는 떨기나무[11] 일화에서 하느님이 꺼지지 않고 타는 불로 모습을 드러냈다는 대목을 상기시킨다. 고구려와 신라의 건국 신화에서도 산과 빛은 하나로 연결되어 있다. 바라보는 자에게만 속한다는 이 산은 창조자의 항구성, 영원성을 위한 이상적인 성소(聖所)가 된다. 산은 성스러운 차원으로까지 솟아오르고, 물이 가진 비영속성에 대적하며 그 가슴 한가운데에 새로운 시작의 가능성을 품는다. "은밀한 예배, 비밀스러운 의식, 입문을 위한 행위들이 천연의 신전과도 같은 동굴 속에서 이루어진다."[12]

종종 불그스름한 빛에 휩싸이는 이 산의 변화를 서리 마을 주민들은 감지하지 못한다. 그런데 왜 이 빛은 가끔씩, 아주 짧은 시간 동안만 산을 휩싸는 걸까. 왜 믿지 않는 사람들 눈에는 안 보이는 걸까. "글쎄, 산이 어떤 기준으로 사람을 선택하는지……"(p. 63).

성경 속에서 노아는 아담 이래 퇴락한 세상을 새롭게 만들어 줄 방주를 지었다. 서산봉이 이따금 뿜는 빛은 부재하는 신을 대신하고, 그것의 산발적 현현은 또한 꺼져가며 신비스러운 방식으로 분출되는 성욕을 상징하기도 한다. 성경 속에서 산은 신세계, 즉 홍수라는 상징으로 구현된 난파의 세상으로부터 구출된 세상을 알리는 공간이다. 꺼지지 않는 영원한 빛이 등대와 같

11 「출애굽기」 3장 참조.

12 Gaston Bachelard, *Ibid.*, p. 206.

이 도달할 지점을 안내하고 목표를 이루어줄 것이다. 여기서 빛은 가까워지는 신현(神顯)이자 경보로, '예정되고 선택된 자들 prédestinés'[13]만이 그것을 알아볼 수 있다. 하지만 정신적 구원에서 멀찌감치 비껴 서서 자기 마음이 가는 쪽에만 빛을 비추는 서리 마을 주민들은 이 빛을 볼 수가 없다.

상실과 망각

유에게, 잊어야 하는 필요성은 점점 절박해진다. 서리를, 이 저주받은 공간을, 부조리 가득한 만남을, 자신을 감시하는 위험들을 잊어야 한다. 하지만 무엇보다 중요한 것은, 유의 아내가 그를 잊었고 그의 상사도 그를 잊었다는 것, 그리고 이 두 가지가 별개가 아니라 점차 무너져가는 사회의 두 가지 기둥이라는 엄연한 사실을 잊는 것이다. 또한 세번째 기둥인 국가 역시 서리 마을을 무법자들의 손에 넘겨버렸다는 책임이 있다. 아노미 현상을 향해 점점 미끄러지는 이 상황은 유에게 새로운 패러다임을 열어주는 필요충분조건이 된다. 그리고 이 새로운 패러다임에 다가가 이해하기 위해 성자들의 이야기를 들추어내야 한다. 보다 앞으로 나아가기 위해서는 망각과 상실이 전제되어야 하는 법. 기억, 상처, 쾌락의 유혹에도 불구하고 누군가는 성공을 하

13 예정설에서는 구원이 인간의 행위로 되는 것이 아니라, 하느님이 스스로를 구원할 능력이 없는 인간을 선택함으로써 이루어진다고 설명하면서 구원에 대한 하느님의 자비와 주권을 강조한다.

고 누군가는 실패를 한다. 그리고 망각과 상실이 불가능할 때, 이 작품 도처에 널린 물과 불이 정화와 화해의 역할을 하며 등장인물이 이 딱한 공간 속에 살아남을 수 있도록 돕는다. 재생을 위해서는 분해와 해체의 과정이 선행되어야 한다. 뭐니 뭐니 해도 흔들리지 않을 한 가지 사실은, 이 작품은 『그곳이 어디든』[14]이지 "여기 아니면 다른 곳Ici ou ailleurs"이 아니라는 것이다. 어머니의 배 속을 향한 느슨한 하강(또는 상승)이 진행되는 곳은 바로 여기ici, 틀림없는 여기이다. 불을 가지고 노는 세상 속에서 안전을 약속하는 양수(羊水)로의 귀환이 이루어지는 곳, 새로운 출발은 역설적으로 아직 열기를 간직한 파괴와 폐허의 잿더미 위에서야 비로소 가능해진다. 왜냐하면 이승우가 묘사하는 사회란 다름 아닌 '해체'야말로 모든 움직임의 중심을 차지하는 병든 사회이기 때문이다. 사랑, 존중, 우정, 신뢰, 종교적 감정 등은 이미 포화 상태에 이르러 우리에게 주어지는 것은 폭발의 잔여물들뿐이다. 그리하여 우리는 이제 노아가 대홍수에서 구하려 애썼던 방주 또는 사막에 지어진 선지자 이사야의 집에 머물게 된다. 선지자 이사야는 하느님의 분노를 불러일으키는 사람들의 부도덕함을 꾸짖고, 이 이스라엘의 신은 스스로를 바빌론 신들에서 대체된 것이라고 말한다. 바빌론에게 점령당해 잃어버린 세상을 향한 탐색은, 이야기에 전면적으로 등장하지는 않아도 성적 의미가 부여된 죽음의 환상을 재현하며 끔찍하게 존재성을 알리는 소설 속에서 쉼 없이 수행된다. 그렇지만 그 어떤

14 Ici comme ailleurs. 이 책의 프랑스어판 제목이다—옮긴이.

유희도 이 작품 속 등장인물들과 함께하지 않으므로 지드적 영향influence gidienne[15]은 곧 희미해진다. 이의를 제기하려 애쓰지 않는 이에게 유희란 없는 법이다. 개인적 문제와 직업적 부조리 사이에서 옴짝달싹할 수 없게 되어버린 세상을 인식함으로써 유의 상황 분석 능력은 정지 상태에 가까워진다. 결국 그의 삶에서 더욱 도드라지는 것은 저항이나 이의 제기가 아니라 인내라는 것을 확인하는 순간, 우리는 이승우의 작품에 담긴 참여 또는 후퇴라는 끔찍스러운 딜레마를 발견한다. 그 누구도 유를 구하러 가지 않을 것이며, 오로지 원초적 과오로의 회귀만이 구원, 개인의 의지와는 상관없는 예정되지 않은 행동에 의한 구출을 허락할 것이다.

노아는 "'저기'의 무엇에 조금이라도 마음이 붙들려 있는 한 '여기'에 몰두할 수 없다"(p. 156)라고 충고한다. 유에게 그것은 발현(發現)과도 같다. "그가 주인이 아니고, 내가 새로운 주인이라면? 단지 그 사실을 제대로 이해하지 못해 밖에서 헤매고 있는 것이라면? 그 때문에 그렇게 어처구니없는 일들을 겪은 거라면?"(p. 190).

자기 욕망의 대상이 된 유에게는, 그 욕망들을 던져버리기 위해 노아의 욕망을 흉내 내겠다는 가능성만이 유일하다. 그리하여 유는 그를 도와 집을 짓기 시작한다. 이 점에서 노아는 유가

15 아버지의 조기 상실, 어머니와 종교의 존재가 가족제도에 미치는 영향을 지칭한다.

자신의 욕망을 그보다 더 큰 다른 욕망으로 교체하기 위해 받아들인 모델이 된다. 우리가 열정에 맞서 싸우거나 욕망을 축소하거나 혹은 완전히 제거하는 데는 이성이 동반되지 않는다. 거기엔 이성이 아니라 오직 열정 혹은 그보다 훨씬 더 큰 욕망이 필요할 뿐이라고 말한 것은 스피노자였다. 육체적 욕망보다 더 힘이 센 어떤 것, 성적으로 대상화되지 않았거나 적어도 완전히 그렇게 되지는 않은 그런 욕망, 그리하여 존재하는 쪽으로, 존재의 인내 쪽으로, 자기 보존의 힘conatus[16] 쪽으로 향하는 것. 그것은 오로지 휴식을 향한 꿈으로만, 동굴 속 돌멩이들 사이사이에 잠긴 어둠 속에서만 구현될 수 있다. 이 새로운 욕망에게는 그것을 묶어둘 도구가 필요할 것이므로. 이렇듯 "타자의 본질 속으로 녹아들어 가려면 자기 스스로의 본질 속에서 불굴의 증오를 겪어내야 하는"[17] 법이므로. 죽어가는 옛 애인을 데리고 아내가 예고 없이 들이닥쳤을 때 유는 그를 등에 떠메고 산꼭대기로 올라가 집이자 무덤인 그곳, '해 지는 쪽'에 태아 자세로 눕힌다.

재생, 모성 회귀, 성스러운 것으로의 귀환을 이야기하는 이 소설에서 벽지로 떠나는 행위는 길을 잃는 것이 아니라 근원을 회

16 라틴어로 '노력'이라는 뜻을 지닌 *conatus*를 번역한 말. '자기 보존의 힘'이란 "각 사물이 자신의 존재를 유지하게 하는 힘이 그 사물의 현실적인 본질과 다른 것이 아니다"라고 스피노자는 주장한다. 즉 존재하는 모든 것은 결과를 낳을 수 있는 인과력을 가져야 한다고 보기 때문에 자연스럽게 스피노자는 자기 보존의 힘을 각 사물의 본질로 설정하는 것이다(베네딕트 데 스피노자, 「제3부 정서의 기원과 본성에 대하여」, 『에티카』, 조현진 옮김, 책세상, 2006 참조).

17 René Girard, *Mensonge romantique et vérité romanesque*, Paris: Hachette Littératures, 1961.

복하는 것이다. 등장인물이 스스로를 자궁 속 태아 자세로 잠들었다고 묘사하는 데서 확인할 수 있다. 이것은 잃어버린 대지, 무서움으로부터 보호받는 세상, 자궁으로의 회귀, 신성한 바람을 간직하고 이따금 생생한 빛을 발하는 산, 그리고 모든 과오를 씻어 내려주는 비를 갈망하는 소설인 것이다.

막스 베버는 신성한 것의 후퇴가 인간 활동의 합리화를 촉진시켰다는 사실을 증명한 바 있다. 마찬가지로 이 작품 『그곳이 어디든』에서 합리적인 활동, 즉 노동, 사랑, 부조리에 닿을 때까지 임무를 이루고야 말겠다는 유의 의지는 서서히 조각나고 잘게 부서진다. 지방 발령을 명받은 상황이나 그를 떠나겠노라고 선언하는 아내와의 갈등에 대한 작품 도입부의 교육자적인 태도(여기서 남편의 이성적인 분석에 맞서 사랑의 감정을 앞세우는 아내에 대한 묘사는 묘한 대조를 이룬다)는 자아 추출과 실종만이 새로운 기반을 허락한다는 합리화된 세상 속 신성성에 대한 욕망이라는 이 작품의 핵심 열쇠를 쥔 부분으로 이어진다. 르네 지라르는 특히 도스토옙스키를 통해서 흉내 내기를 향한 인간 욕망의 문제를 조명한 바 있다. 욕망이란 결코 어떤 사물을 향한 것이 아니며 그 사물을 소유한 타자를 향한 욕망이라는 것이다. 모든 욕망은 타자의 욕망에 대한 모방이라고 할 때 타자는 매개자가 된다. 오로지 그리스도를 모방하는 것만이 인간을 상승시켜주며, 폭력 속으로 침몰하는 것을 막아줄 수 있다. 여기서 신이 완벽한 인간을 이루는 두 가지 조건, 즉 박해와 십자가형을 만나게 하는 장소로 도스토옙스키가 한 번 더 환기된다. 더군다나 유가 아내의 죽어가는 옛 애인의 마지막 매무새를 만져주며 희생적 제의를 치르는 것은 제자들의 발을 물로 씻겨주는 그리스도를 흉내 낸 것이나 다름없다. 소설 『악령』에서와 마찬가지로 유는 무슨 일이 일어나고 있는지, 무엇이 만들어질지 전혀 모르는 상태다. 유는 빛이 간혹 비칠 뿐인 어둑어둑한 언저리에서, 『악령』에 등장하는 거미와 대칭을 이루는 개 한 마리를 동반한 채 서성인다. 『사랑의 죄악*Crimes de l'Amour*』 서문에 사드 백작은 이렇게 쓰지 않았던가. "인간에게는 자신의 존재와 관련이 있으며 존재의 특징을 이루는 두 가지 약점이 있다. 그럼에도 인간은, 어디서든, 기도해야 하고, 어디서든, 사랑해야 한다." 종말을 향해 내달리며 마침내 산이 진동하기 시작한다. 이제 우리는 대홍수의 시간에 닿아 있으나, 대홍수는 행복의 시대를 열어주지 않는다. 속죄의 길이 다시 우리 앞에 놓여 있을 뿐이다.

화산 폭발. 산꼭대기가 열리고 서리 마을을 삼킨다. 악도, 그렇게 함께.

타불라 라사.

이제 여기서 『지상의 노래』가 시작될 수 있을 것이다.

5. 고행의 여행
—『지상의 노래』에 대하여

인자요산(仁者樂山)

—『논어』, 「옹야」 편에서

이승우의 문학 세계를 집약하는 작품을 굳이 한 편만 뽑아야 한다면, 『지상의 노래』가 아닐까 한다. 욕망, 섹슈얼리티, 죄의식, 고행, 다른 세상, 그리고 시간적 배경을 이루는 군사독재 시대 등 이전 작품들에서 이미 다룬 주제들이 모두 이 한 권에 응집해 있다. 그것은 또한 작가의 문체로도 입증된다. 작가가 직조한 명제들 속에서 상반되는 쌍에 기대어, 그리고 "통합에 대한 강박"[1]을 멀리하면서 선택의 부재를 이토록 멀리까지 몰고 가는 작품은 참으로 드물었다. 독자들을 혹독한 심판대에 올려놓고

1 Jean-Bertrand Pontalis, "Entre le rêve-objet et le texte-rêve", *Entre le rêve et la douleur*, Paris: Gallimard, 1977.

질문하고 추궁하다가 때로는 간절히 매달려가며 사정하는 이런 작품은 두 번 다시 만나기 어려울 것이다. 또한 이 작품은 『그곳이 어디든』에서 잠시 들여다본 적 있는 사태, 즉 사회적 폭력이 국가적 폭력으로 공인되고 이론화되는 과정을 여실히 드러내주기도 한다. 프랑스에 소개된 이승우의 작품들 가운데 처음으로 한국의 군사독재는 혹독한 처벌을 받는다.

작품 줄거리

외진 산속 수도원에서 벽 위에 빼곡하게 옮겨 적은 성경 구절을 발견하는 한 여행 작가가 있다. 미적 가치를 차마 매길 수도 없는 이 성경 구절들은 그 아름다움과 신앙의 표현이라는 면에서 『켈스의 책』에 비유된다. 이승우의 다른 작품에서도 이미 등장한 바 있는 낯설지 않은 질병, 폐암으로 여행 작가는 이 벽서(壁書)에 대해 쓰던 원고를 마무리하지 못한 채 세상을 뜬다. 그가 죽은 뒤, 투병하던 형의 곁에 한 번도 같이 있어주지 못했다는 사실에 죄책감을 느낀 동생은(여기서 우리는 이승우의 작품 속에 빈번히 등장하는 형제들 간의 죄의식이라는 주제를 재발견하게 된다) 형의 유고를 출판하는 데 매진한다.

'후'는 수도원 근처 가난한 마을에 살고 있다. '박 중위'가 사촌 누나 '연희'를 겁탈한 것을 알고 그를 살해하려 한 후는 아버지의 도움을 받아 마을을 떠나 수도원으로 도피한다. 박 중위가 죽지 않았다는 사실을 알지 못한 채로 후는 그곳에서 몇 달을 보내며 성서의 구절을 왼다. 한국은 1960년대부터 독재 정권하에 있었는데, 이 소설의 시간적 배경은 1970~80년대이다.

열네 살 소년 후는, 수도원으로 이어지는 해안 초소에서 근무하는 박 중위에게 겁탈당한 연희의 복수를 감행하기 위해 장대비가 쏟아지는 가운데, 그를 기다린다. 박 중위를 칼로 찌르기 전에 어쩌면 후는 그에게서 최소한의 해명이라도 얻어내고 싶었던 걸까. 후를 범죄 행위로 떠민 건, 겁탈이라는 행위 자체보다 차라리 이런 물음들일 것이다. 도대체 왜 그토록 연희를 원했던 그가, 이성을 잃을 정도로 연희에게 푹 빠졌던 그가, 그렇게나 어여쁘고 순수한 연희를 한순간에 버리게 된 건지. 열정이라는 것이 과연 어떻게 그토록 빨리, 바라던 육체를 손에 넣기 무섭게 사라져버릴 수 있는 것인지.

겁탈은 연희 아버지의 동생, 즉 삼촌(후의 아버지)과의 공모로 성사되었다. 그 일대 술집에 거미줄처럼 널려 있던 술빚을 죄다 갚아준 젊은 박 중위에게 매수된 삼촌은 연희에게 덫을 놓는데 가담한다. 그렇게 겁탈당한 연희는, 기를 쓰고 그녀의 마음을 얻으려던 박 중위가 겪었던 것 못지않게 괴로움을 겪는다. 그에게 일말의 책임감이라도 느끼게 해보려 하지만 그럴수록 박 중위의 마음은 도리어 차가워진다. 연희는 그 일이 있은 후 갑자기 박 중위에게 사랑을 느끼게 된 걸까. 아니면 그건 겁탈이 아니라 박 중위의 사랑이었다고 믿고 싶은 연희의 마음이었을까. 뭐라고 단정 짓기 힘든 일이다.

작가가 애지중지하는 요소들은 이번에도 막힘없이 등장한다. 우선 지리적 요소를 들 수 있겠다. 1970년대 시골 마을, 당시 대부분의 한국 농촌이 그러했듯 가난한 풍경이다. 이 마을의 산은 다른 작품에서와 마찬가지로 신성함의 상징이 된다. 이 작품 속에는 세상을 등지고 은둔하는 절대 동급의 형제들의 공동체가, 아버지 없는 가족이 산꼭대기에 수도원을 짓고 살아간다. 병이 나지 않았으면 벌써 고등고시에 패스해서 법관이 되었을 연희의 아버지는 일찍 절명했다. 『오래된 일기』 『생의 이면』에서와 같이, 자신의 운명을 완수할 시간이 없었던 아버지의 이른 죽음. 연희의 양육은 그의 동생 몫이 된다. 박 중위는 1960년대부터 1990년대에 이르는 군사정권의 존재를 보여주는데, 이는 여타의 소설에서도 끝없이 환기된다.

아버지의 도움으로 산속에 은신한 후는 산을 오르는 길에 몇 번이고 넘어진다. 『그곳이 어디든』의 '유' 역시 '노아'의 동굴로 향하는 산길을 오르며 몇 차례나 넘어지곤 했다. 상승을 향한 길이란 이렇게 복병으로 뒤덮인 것. 이것은 예수가 십자가에 못 박히기 전 몇 번이고 넘어지며 지나던 길의 알레고리는 아닐는지. 진입조차 거의 불가능한 이 산 위에는 하느님의 날이 오기를 기다리는 형제들의 공동체가 만든 수도원이 있고, 그곳의 형제들은 철저하게 평등한 권리와 의무를 나누며 살아가고 있었다. 낮 시간에 형제들은 주어진 일을 하고, 성경을 읽고 필사하며 보낸다. 1950년 한국전쟁 이후 한국에선 종교라는 이름하에 과격하고 엄격한 성격의 기독교 이단들이 많이 생겨났다. 군사독재 시절(1961~1979), 권력을 차지하기 위해 군인들이 내건 목표는 "거리의 부랑아나 건달 세력, 그리고 부패를 척결"하는 것이어서 수많은 범죄자들이 법망을 피하기 위해 외딴 사원에 은신하게 되었다. 장편 『그곳이 어디든』에 등장하는, 마을 '서리'의 모든 권력을 장악하다시피 한 건달 무리 역시 그런 경우이다.

피에 대한 꿈

기진맥진한 채 간신히 수도원에 도착한 후는 문 앞에 주저앉아 잠이 든다. 꿈속에서 그는 온몸이 피로 뒤덮이고, 그가 기대었던 문은 키가 큰 거인으로 둔갑해 그를 품에 안고 안으로 데려간다. '통과의 장소'인 문은 안과 밖, 기지의 세상과 미지의 세상을 나누는 데 그치지 않는다. 그 문은 그 뒤에 몸을 감추고 있는 신비한 세상 속으로의 초대이기도 한 것이다. 빗장이 단단히 걸린 문은 정복으로의 초대이며, 열린 문은 알려지지 않은 다른 곳을 향한 도정의 지표가 된다. 그러나 이 '통과'에는 무릇 대가가 필요한 법. 문은 죽음으로부터 생을 가르고 성으로부터 속을 가르기 때문이다. 만일 그 문이 단순한 장애물만이 아니라면, 문 너머에 감추어진 것을 정복하기 위해 가진 것을 전부 내려놓아야 할 것이다. 인간에게 금지된 천국의 문과 약속의 땅으로 향하는 문 사이에서, 인간은 그 사이 공간 어딘가에서 살아가며 기다리는 수밖에 없다. 이렇게 볼 때, 역설적으로 문이든 대문이든 이 전환의 공간은 다른 어떤 곳으로 향할 것을 허락해주는 고정점이 된다.[2] 수도원 문턱의 후는 신비의 문턱에 있는 셈. 그의 앞에 길이 열리고 그가 내딛는 걸음은 이제부터 더욱 냉혹해질 것이다. 산 자들의 세상은 그에게 금지되고 문 뒤의 세상, 죽은 자들의 것이 아닌 세상은 희망을 향해 열릴 것이다. 그 문을 지나려면 무언가 잃어버려야 한다. 그리하여 피가, 종교뿐 아니라 세속에서도 더 이상 역할을 하지 못할 피가 이제 빠져나간다. "율법을 따라 거의 모든 물건이 피로써 정결하게 되나니 피흘림이 없은즉 사함이 없느니라."[3] "생명이 피에 있으므로 피가 죄를 속하느니라."[4]

피가 후의 양손을 뒤덮고, 후는 부질없이 피로 얼룩진 두 손을 문지르고 또 문지른다. 피가 티셔츠를, 바지를 적시고 후는 계속해서 손을 여러 번 문질러보지만, 이제는 온몸이 피로 덮인다. 닦아도 닦아도, 닦을수록 더 많은 피가 흘러넘치고, 후가 피를 보지 않기 위해 손바닥을 얼굴에 가져가자 손바닥 모양의 피가 얼굴에 덮인다. 얼굴을 덮은 손바닥은 차후 후에게 필요해질 가면의 예고일 것이다. 후가 바닥에 무릎을 꿇고 주저앉자, 문득 "그의, 피의 무게가 땅에 균열을 만드는 것이라고 그는 생각"(p. 91)하게 되고, 그 벌어진 틈을 타고 땅속으로 스며드는 피를 후는 막을 도리가 없다.

이승우의 작품에 등장하는 꿈들은 언제나 매장과 연결되며 특

2 Mircea Eliade, *Le sacré et le profane*, Gallimard, 1965.
3 「히브리서」 9장 22절.
4 「레위기」 17장 11절.

수한 의미를 낳는다. 『식물들의 사생활』의 '기현'은 나무뿌리가 자라는 지하 세계를 떠올리고, 『한낮의 시선』의 한 청년은 삼촌의 시체를 땅에 파묻는다. 『그곳이 어디든』의 '어머니'는 꿈속에서 모래 무덤 속에 빠진 어떤 남자를 만난다. 땅속으로 사라지는 것, 고통이나 근심으로 괴로울 때마다 우리는 어머니 대지의 품속으로 들어간다. 존재의 휴식과 내면이란 우리 시야에서 사라질 때 가장 완벽한 법.[5] 후는 옷을 찢어 갈라진 틈을 메우려 애써보지만 아무것도 해낼 수가 없다. 틈은 점점 더 벌어져 급기야 온몸이 피로 뒤덮인 그를 전부 집어삼킬 정도가 된다. 땅속까지 흐르는, 『식물들의 사생활』과 『그곳이 어디든』에서도 등장한 바 있는 매장의 욕망과도 같은 피. 사라졌다가 비기질성 상태로 되돌아오려는 욕망은 외부의 위험에 맞서려는 주체의 저항을 상징한다. 마찬가지로 죽음 충동은 죽음을 향한 욕망을 가리킨다기보다는 모성적 상징을 통해 근원적 모태로의 회귀, 최초의 시간, 시간이 없는 시간, 다시 말해 영원으로의 회귀를 가리킨다고 봐야 할 것이다. 후는 박 중위의 피가 흐르는 과거를 떠나, 앞으로 다가올 삶을 지켜줄 옷을 걸쳐야 한다. 능욕과 겁탈의 피가 흐르기 전 연희의 처녀성과 대문을 연결해볼 수도 있다. 박 중위의 피와 연희의 피가 결합하여, 쓰러진—사실은 잠든—후가 빚어내는 이미지와 다시 하나가 된다. "닦으면 기다렸다는 듯 나오는 것 같았다"(p. 91). 여기서 "기다렸다는 듯"이라는 표현은 물론 사촌 누나를 향해 후가 품었던 욕망을 고백하는 시간에 대한 기

5 Gaston Bachelard, *La Terre et les rêveries du repos*.

다림일 터. 처녀막이라는 문은 사춘기 소년의 생에서 성인의 생으로의 '통과의례'이다. 능욕은 근친상간의 사랑으로 향하는 후가 반드시 지나쳐야 하는 길이다. 후는 말 그대로 네거리 한복판에 서 있다. 애초의 생각과는 달리 살인자라는 새로운 길로 들어서지 못한 후는 과오를 속죄하기 위해 수도원으로, 자신의 사랑과 욕망을 고해하며 어른의 삶 속으로 그렇게 들어간다.

꿈속에서 완강하게 닫혀 있던 문이 살며시 열리고(형제가 그를 구하러 오는 장면) 후를 품에 안는다(같은 형제가 그를 안아 들고 수도원 안으로 데려가는 장면). 후가 간절히 소망하던 보호 속에 몸을 맡기는 행위는 형제애와 여성에게 몸을 던지는 행위를 한데 뭉쳐 보여준다. 박 중위가 흘린 피, 그리고 능욕당한 연희가 흘린 피와 함께 이제 후에게는 기억의 피가 흘러넘친다. 새로운 삶에 대한 권리를 얻어내기 위해 이제는 그의 피를 비워내야 하고, 바로 여기서 남성의 피가 여성의 대지 속으로 들어간다. 피에 대한 또 다른 꿈이 이번엔 제단에 바쳐진 암송아지의 상징으로 모습을 드러내고, 그 나머지는 희생과 물로 덮인 재가 있은 후 전부 불태워질 것이다. 그리하여 그 불이 고의적으로든 그렇지 않든 다시 소생하지 않게 하기 위하여.

「민수기」 19장 2절에는 저 높은 존재에게 "내일은 없다"라고 말하게 하는 붉은 암송아지가 등장한다. 기둥과 문에 피 칠갑을 하고 난 그가 덧붙인다. "내가 애굽 땅을 칠 때에 그 피가 너희가 사는 집에 있어서 너희를 위하여 표적이 될지라. 내가 피를 볼 때에 너희를 넘어가리니 재앙이 너희에게 내려 멸하지 아니하리라."

후는 약속의 땅을 찾았다.

우리가 지금부터 목격하게 되는 것은 후의 재생이다. 피를 다 비워낸 후는 수도원의 아주 작은 방에 머물게 된다. "방이라기보다 굴 같"고 "굴이라기보다 관 같"(p. 98)아 한 명 이상은 머물 수 없는 협소한 방. 작가 이승우에게 협소한 공간이란 얼마나 소중한 것인지 우리는 이미 알고 있다. 안전성, 부동성의 조건과도 같은 협소함. 둔황 동굴이나 쿰란 동굴, 『그곳이 어디든』에서 노아의 돌집이 이쯤 될까. 인간이란 모든 공간을 다 누리며 살 수 없는 법이며, 하물며 본인이 차지하는 공간을 두고 으스대는 것은 안 되는 법. 몸이라는 자기만의 규격을 타고난 인간은 협소한 장소에서만 살아갈 수 있다. 그는 영원히, 자신의 인간적 야망에 대항해서 영원히 그 공간을 차지할 것이다. 신에 대한 도전이란 이런 것이다. 공간의 협소함은 검소한 식사와 낮 기도로 이어진다. 그들은 매일 후에게 성경을 읽히고 영적 지도자가 지켜보는 가운데 성경 구절을 필사하게 한다. 이 공동체는, 여기서도 그렇듯 속세로부터 멀찍이 떨어져 쿰란 동굴 속에서 성경을 필사하며 살았던 에세네파 신도들을 환기한다. 침묵 속에서 외롭게 은둔하며 『그곳이 어디든』의 '노아'나 이 작품 속 후가 좇는 오로지 한 가지 목적에만 매달리는 공동체. 후가 있는 수도원은 '헤브론 성'이라 불리는데, 성경 속에서 예루살렘 근방 한때 은신처로 등장하는 그곳이다. "피의 보복자가 그의 뒤를 따라온다 할지라도 그들은 그 살인자를 그의 손에 내주지 말지니 이는 본래 미

워함이 없이 부지중에 그의 이웃을 죽였음이라."[6]

후는 하나님의 말씀이 담긴 텍스트를 읽는다. "그 음성이 핏줄과 신경을 타고 온몸으로 퍼져 나가는 것"을 느끼기 위해, "성경 속 하나님의 말씀이 섭취되고 흡수되고 소화되"도록 하기 위해서다. 도무지 무엇을 하는지 감을 잡지도 못하면서 후는 육체적이며 정신적인 고행을 계속 겪어나간다. 입술을 놀리고 몸을 흔들고 머리를 벽에 기대어보지만 후에게 확신은 아직 찾아오지 않는다. 하느님의 날이 멀지 않았고 그날이 오면 하늘 집의 형제자매들 모두 하늘로 올라간다는 믿음은 후에게 구체적으로 다가오지 않는다. 믿어지지 않았다기보다 "무슨 일이 일어난다는 것인지, 무엇을 준비해야 한다는 것인지 감을 잡기가 어려웠다"(p. 100).

"만일 신이 존재하지 않는다면, 신을 믿는다고 해서 우리가 잃어버릴 것은 아무것도 없다. 반면 신이 존재한다면, 그를 믿지 않음으로써 우리는 전부 잃게 될 것이다"[7]라는 '파스칼의 내기pari de Pascal'대로라면, 신을 믿지 않는 후는 첫번째 계명 "너는 절대 살인하지 말지어다"에 불복하고 온순하게 성경을 배우기 시작한다. 성서 읽기는 후로 하여금 "여태 자기 손에 묻은 피 때문에 괴로워했다. 그러나 칼을 쥐고 휘두르고 찌른 행동이 문

6 「여호수아」 20장 5절.
7 Blaise Pascal, *Les pensées*, Gallimard, 1936.

제가 아니었다"(p. 112)라는 사실을 깨닫게 해준다. 이렇게 후는 은연중에 복수의 근본적인 동기가 무엇이었는지 차차 깨달아 간다. 그것은 연희를 향한 그의 욕망, 그를 두렵게 한, 이 소설의 이 공간에서 그가 공공연하게 고백할 수 없는 욕망이었다. 연희를 되찾아라, 그런 정언적 명령이 아니라면 가설적 명령으로라도. 후가 누나를 찾아내고 만다면 이 명령은 뭐가 될까. 탐색은 그것이 현재진행형일 때만 의미가 있다. 만일 탐색의 대상을 이미 찾아낸 거라면 찾고 있는 주체는 뭐가 된다는 말인가? 여기서 화자가 한마디를 보탠다. "우리는 후를 의심할 이유가 없다"(p. 115)라고.

화자가 빌려온 성경 속 에피소드는 후의 처지에 대한 이해를 돕는다.[8] 압살롬의 이복형 암논이 은밀히 사랑한 아름답고 순수한 다말. 다윗왕의 아들 암논의 음모로, 다말은 암논에게 겁탈당한다. 누이와 결혼할 수 없는 후-압살롬은 다른 여자와 결혼해 딸을 낳고 다말이라는 이름을 지어준다. 누이에게 품었던 사랑은 이렇게 대물림된다. 암논과 마찬가지로 후 역시 자신의 사랑을 고백할 수 없다는 사실에 괴로워한다(p. 110). 암논은 "자기 사랑을 어떤 것이든 요구할 수 있는 권리증처럼 내민다". 물론 이 부분에서 우리는 『생의 이면』과 『식물들의 사생활』에 등장하는 불가능한 사랑을 떠올릴 수 있다.

8 「사무엘하」 13장 1절.

욕망의 재탄생

후가 망각과 기억에 대해 배우게 될 곳은 바로 여기, 악을, 좀 더 정확히 말하자면 바깥세상을 지배하는 악에 무지한 평화로운 공동체 안에서이다. 자신이 저질렀다고 생각하는 범죄를 '영혼의 거울'인 성경을 읽으며 잊기, 그리고 사촌 누나 연희를 향한 그의 욕망을 다시 소생시키기. 연희의 부재에 자극받아 "인식의 근거가 된다"(p. 87)라고 화자가 말하는, 설명할 수 없는 부재에 의해 태어나는 그의 욕망. 욕망은 그에게 불안정하게 흔들리고 견딜 수 없는 것이다. 이 '끈질긴' 욕망과 사라지지 않는 죄책감에 대한 느릿한 인식. 그것은 성욕뿐 아니라 사랑의 욕망에서 나온 것이다. 사랑에 대한 욕망과 성욕 사이에서 모호함이 태어난다. 물론, 누나를 돌보기보다 누나로부터 보살핌을 받기 위해 그녀를 찾았다는 사실을 나중에 고백하긴 하지만, 이 같은 이성적 시도는 인정하기 어려운 욕망의 힘 앞에서 금세 사라진다. 그럼에도 후는 이렇게 단언하지 않는가. "운명을 만드는 것은 누군가의 욕망이다"(p. 9)라고.

재생이 반드시 필요한 후는 성경 읽기를 멈추지 않는다. 후는 이전의 생을 몽땅 비워내고 형제의 지도 아래 조그만 독방에서 다시 일어서야만 한다. 어린 후는 이렇게 한 명의 형(박 중위)으로부터 또 다른 형(형제)에게로 전달된다. 박 중위가 파괴의 얼굴이라면, 수도원의 형제는 복원의 얼굴을 하고 있다. 이 수도원에서 후는 믿음을 배우게 될 테지만, 그의 마음이 다른 곳에 있는 탓에 3년 후 이곳에서 쫓겨나게 된다. "산 아래 마음을 두고 산 위에서 살 수는 없다"(p. 101)라고 수도원의 형제는 말한다. 『그곳이 어디든』에서 노아도 유에게 같은 말을 했던 것처럼.

이승우의 작품 속에서 종종 그렇듯, 모든 이야기는 실종이나 떠남, 추방 또는 *타불라 라사*에서 시작된다. 마을과 가족과 아내 또는 친구들을 떠날 때 기억은 저절로 지워진다. 재생은 지난날의 잿더미 위에서만 이루어지고, 모든 흔적은 불꽃이나 땅속으로 사라진다. 『지상의 노래』에서 주인공의 고향 마을은 지반 침하로 사라져버리고, 집과 주민 들은 땅속에 묻히고 밭도 논도 흙더미에 빨려 들어간다. 마을 회관이 있던 한가운데엔 거대한 구멍이 움푹 파여 재앙을 증명하고 있다. 불은 물과 다르게 파괴하고 정화한다. 물은 뒤덮고 집어삼키지만 씻어주기도 한다. 파묻어 변화를 일으키는 땅이 그러하듯이.

이 이름 없는 마을엔 아무것도 남아 있지 않다. 먼 옛날, 타락한 마을 소돔과 고모라가 불길에 휩싸였듯, 신의 말씀을 듣지 않고 신의 길에서 벗어난 까닭에 마을은 사라지고, 그와 함께 악도 사라진다. 『그곳이 어디든』의 서리 마을이 여기에 해당하며, 『지상의 노래』에서는 이 마을이 그렇다. 성경 속에서 지진과 지반 침하는 신의 현현으로서 등장한다(「마태복음」). 귀머거리처럼 신의 명령을 듣지 않는 인간과 그들의 집은 암흑 속으로 모습을 감춘다. 여기서 어쩌면 우리는 경제적 발전에만 그칠 게 아니라 사회적 관계를 발달시키는 데는 실패한 군사정권을 읽어내야 하는 게 아닐까? 이 마을에는 너무나 많은 욕망이 잠자고 있었다. 연희에게로 향하는 젊은 군인의 욕망과 후의 그것. 칼의 상징이 차마 제거하지 못한 에로틱한 욕망 위로 복수의 욕망이 중첩된다. 에로틱의 발현이 지속적인 죄책감과 함께 후의 의식 속으로 서서히 스며든다. *새 마*을 또는 옛 마을, 욕망 아래 새로운 것이란 아무것도 없다. 우리는 죽이고 거짓말을 하고 예전처럼 사랑할 뿐이다. 그리고 예전처럼 극빈자들은 생존 전략에 반대하고 박 중위 같은 상류층은 그 어떤 비열한 행위를 저지른다 해도 멋지게 살아가는 것이다.

미메시스적 욕망[9]

박 중위가 연희에게 집착하는 것은 사춘기 때 기억을 떠올리게 했기 때문이다. 주일학교 여선생에게 마음을 빼앗겼던 그는 대범하게 자기 마음을 고백했지만 그 여선생은 헛웃음을 지으며 머리를 쥐어박는 것으로 그의 사랑을 간단히 무시했다. 마음에 상처를 입은 그는 곧 결혼을 하는 여선생의 모습을 보아야만 했다. 이 여성에게서 그는 긴 생머리의 인상을 간직하게 된다. 보들레르 역시 머리칼을 소재로 빼어난 시를 쓰지 않았던가.

> 이 머리칼 속에 잠든 추억들,
> 나는 허공의 손수건처럼 그대의 머리칼을 흔들고 싶네.[10]

9 René Girard, *Ibid*.
10 Charles Baudelaire, "La chevelure", *Les fleurs du mal*, Gallimard, 1857.

이 관능적인 몽상을 통해 보들레르의 여행이 시작되고, 사랑받는 이의 머리칼은 시인으로 하여금 이국으로 발길을 돌리게 한다. 사실 머리칼에 대한 찬사는 19세기 프랑스 문학 전반에서 도드라진다. "여성 자체보다 더 눈에 띄는" 이 관능의 모티프는 남성 판타지의 원천이 되기도 한다. "그때 이후 긴 생머리는 여성에 대한 그의 환상 가운데 거의 유일한 것이 되었다"(p. 47). "여자의 머리카락은 〔……〕 어떤 의미에서는 얼굴이나 팔보다 더욱 여자의 몸이었다"(p. 240)라고 박 중위는 기억하고 있다.

시간은 열정을 되살려 마음껏, 이렇다 할 계획도 없이 그것을 가지고 논다. 현재는 과거로의 회귀이다. 모든 감정은 지나간 감정들을 되살아나게 하고 뜻하지 않은 장애물을 드러내며 사회적 상호작용의 정상적인 흐름을 교란시킨다. 박 중위의 열정은 연희의 거절이 지속될수록 점점 더 부풀어 올라 "부재를 향해 팽팽히 당겨진다."[11]

후로 하여금 사촌 누나를 향한 욕망을 허락해주는 것 역시 연희의 부재이다. 젊은 중위가 그토록 원하는 연희를 후 또한 갈망한다. 이렇게 우리는 르네 지라르의 욕망의 삼각형을 재발견한다. 연희의 거절로 인해 다시 불붙은 열정은 중위가 이성을 잃어버릴 때까지 증폭된다. 연희는 이제 주일학교 여선생의 대체물 신세가 되고 중위는 열정과 사랑을 혼동하기에 이른다. 자기 자

11 Ferdinand Alquié, *Le désir d'éternité*, Presses Universitaires de France, 1943.

신에게로만 되돌아올 뿐인 열정이란 사랑의 착각인 법. 열정은 자기로의 회귀로서만 기능한다. 열정은 모든 생에서 주체가 되찾으려 애쓰는 지나간 열정에 대한 기억을 되살아나게 한다. 우리가 진실한 사랑은 서로 만나기보다 서로 잃어버리는 법이며, 요구하는 것보다 획득하는 것이며, 갖는 것보다 주는 것이라는 사실을 인정한다면, 박 중위의 열정은 사랑의 상징으로 연희가 어느 만큼이나 이용되었는지에 대한 방증이 된다. 연희는 대체물일 뿐 사랑의 주체가 아닌 것이다. 그토록 갈망하던 것을 완력으로 얻게 되자마자, 이전에 잃어버린 사랑의 기억을 손대지 않은 채로 고스란히 간직하기 위해, 이 대체물은 사라져주지 않으면 안 된다. 긴장감도, 경쟁자도 없는 박 중위의 욕망은 이제 소멸되는 것이다. 연희가 주일학교 여선생의 기억을 소환하는 한, 그녀는 박 중위의 욕망을 최고선까지 끌어올려줄 수 있었다. 완력에 눌려 그의 손아귀에 들어가기 무섭게 그녀를 매개로 삼았던 과거 소환 능력은 온데간데없이 사라지고 연희가 재현하던 상징도 파괴된다. 연희는 그녀를 종내 '창녀' 취급하고 만 젊은 중위의 복수의 욕망을 위한 지지대에 지나지 않았다. 겁탈자의 위선을 위해 이보다 더 완벽한 논리는 없다. '돈으로' 품에 안은 여자와는 절대로 결혼하지 않는다고 박 중위는 다짐한다. 여기에 더해 또 다른 위선이 환기된다. 읍내 술집에 깔린 술값을 전부 대신 갚아주는 대가로 그 치명적인 약속을 만들어낸 연희 삼촌의 위선이 그것이다.

독재자의 시대

멕시코 영화감독 알레한드로 곤살레스 이냐리투가, 언뜻 보기에는 관련 없어 보이는 두 개의 이야기가 돌연 서로 만나고 엮여 하나의 이야기를 이루는 방식의 영화를 만들듯, 우리는 이 작품의 한쪽 어귀에서 한국 현대사의 어두운 한 시대를 발견한다. 1970년대 도시와 농촌 간 불균형 해소를 위해 박정희가 추진한 '새마을운동'을 이 작품 『지상의 노래』에서 재발견한다. 농촌 근대화를 목표로 한 이 운동은, 근대화의 장애물로 여겨지는 농촌의 건달 세력들을 와해시키는 데 목표를 두고, 박정희를 지지해줄 참여 집단을 만들어내기 위한 방편에 지나지 않았다. '새마을운동' 캠페인은 전례 없는 이데올로기 개혁 작업으로 국민을 향한 사회의 통제 기능을 증폭시키는 계기가 되었다. 『지상의 노래』는 '장군'(소설 속에도 이렇게 명명된다)이 반정부 시위에 맞설 목적으로 제정된 계엄령을 반포하며 독재에 박차를 가한 시기를 다루고 있다. 쿠데타 가담자 중 한 사람, 장군의 충실한 그림자와도 같았던 '한정효'는 국민들이 더 이상 유보하고 참고 억눌리지 않을 거라고, 독재를 여기서 멈추어야 한다고 장군에게 제안하지만, 반론에 익숙하지 않을 뿐 아니라 세상 모든 사람들이 등을 돌린다 해도 마지막까지 그의 곁을 지킬 사람이 한정효라고 생각했던 장군은 그를 '천산 수도원'에 가두게 한다. 천산 수도원은 어린 시절의 후가 은신했던 바로 그곳이다. 감옥이었던 이곳에서 한정효는 개종한다. 불과 얼마 전 암으로 아내를 잃은 한정효는 이제 선글라스를 벗는다. 박정희를 비롯해 쿠데타의 주역

들은 해가 있으나 없으나 '라이방' 선글라스를 쓰고 있는 것으로 유명했다. 당시만 해도 한국에서 흔히 만나기 어려웠던 이 검정 라이방 선글라스는 점차 미국화 되어가는 한국의 모습을 가시화 한다. 햇빛이 있을 때나 없을 때나 가리지 않고 쓰고 있는 검정 선글라스는, 보이지 않고도 볼 수 있게 해주는 장치가 된다. 권력의 상징, 군사 조직, 의지, 그리고 폭력이 만들어낸 흔적으로서의 검정 선글라스는 그것을 쓰고 있는 자와 그렇지 않은 사람들 사이의 불평등을 환기하며 그를 통해 두려움을 생산한다. 아내가 그에게 이 선글라스를 선물했을 때, 한 장교는 "그것이 자기에게 필요한 것이었다는 사실"을, "눈빛을 감추면 거리낄 것이 없어진다는 사실을"(p. 162) 깨닫는다.

한 장교의 개종은 아내가 암으로 죽는 순간 찾아온다. 세상을 뜨기 전, 아내는 그에게 성경책을 건네며 가급적 자주 읽을 것을 당부했다. 아내의 말을 따르긴 하지만 종교에 대한 의구심은 줄어들지 않는다. 후 역시 이 단계를 거쳤다. 정책의 변화가 필요했던 장군이 그에게서 선글라스를 벗겨낸다 해도 한 장교는 그를 막아낼 도리가 없다. 일개 인간이 어찌 하느님을 저지할 수 있단 말인가? 그는 다만 장군에게 이렇게 말할 수 있을 뿐이다. "당신이 원하는 경우에만 존재하겠습니다" "오직 당신이 위대하게 되도록 힘쓰겠습니다"(p. 168)라고. 화자는 지체하지 않고 이렇게 말한다. "절대 권력에 대한 종교적 헌신의 상징성을 감안하면 그것은 일종의 개종이라고 할 수 있다"(p. 166).

한 장교는 군복을 벗지만 선글라스는 벗지 않는다. 변신은 불완전하지만, 이로써 버림의 단초는 마련된 셈이다. 선글라스를 벗을 때 비로소 그는 아내의 죽음이 얼마나 정당하지 않은 일이었는지를 받아들이게 될 것이다. 구원에는 대가가 따르는 법. 보이지 않고 보게 해주는 그의 선글라스는 그의 앞에 놓인 현실을 외면하기 위한 가림막에 지나지 않는다. 너무나 오랫동안 아내와 아내가 내색하는 욕망에 대해 무심했다는 것을 깨달았을 때 내면 깊은 곳마저 건드리는 현실. 아내의 죽음에 망연자실해하며 그토록 신실했던 아내의 생명을 지켜주지 않은 하느님을 비난하는 바로 그 순간, 한정효는 비로소 성경을 읽기 시작한다. 왜냐하면 "그가 원한 것은 성경책 속의 내용이 아니라 물질로서 한 권의 책이었"(p. 178)으므로.

한정효는 "장군 자신이 하는 것보다 더 충격적인 폭로를 할 수 있는 인물"(p. 172)이라는 이유로 천산 수도원에 갇힌다. 24시간 군인들의 감시를 받지만, 도망칠 마음이 조금도 없는 그는 수도원의 수도사처럼 살아간다. 1979년, 장군이 암살당하고 그의 심복 중 한 사람이 권력을 이어받는다. 새로운 장군은 수도원을 소탕함으로써 한정효를 제압하고 싶어 한다. 한정효를 지키는 임무를 맡았던 '장', 한때 그의 부하였던 '장'은 군인들이 천산에 들이닥쳐 수도원을 폐허로 만들기 직전 한정효의 도피를 돕는다. 수도원 형제 대다수는 중국 둔황 굴처럼 너무나 비좁은 지하 방 안에 산 채로 갇히고, 군인들은 지하로 들어가는 입구를 시멘트로 막아버린다. 성스러운 경전을 품은 관보다도 더 좁은 방이었다.

이동, 계속해서

떠남, 추방, 결코 한곳에 머무르지 않겠다는 의지는 이승우의 작품에 지속적으로 등장하는 주제이다. 그의 작품에서는 처음으로, 이 주제는 로드 노블road-novel의 형식을 빌려, 서로 전혀 닮지 않은 두 인물을 통해 모습을 드러낼 것이다.

지반 침하로 부모와 집을 모두 잃고, 수도원에서마저 쫓겨난 후는 더 이상 갈 곳이 없다. 연희를 되찾겠다는 그의 욕망은 서서히 강박으로 바뀌어 이제 가장 광적인 산책으로 이어질 것이다. 연희가 어느 미장원에선가 일하고 있을 거라고 굳게 믿고 연희를 찾기 위해 길을 떠나기로 마음먹은 후. 그는 이제 전국의 미장원을 찾아 헤맨다. 사막에서 바늘을 찾듯 후는 불가능해 보이는 목표물을 찾아 걷고 또 걷는다. 전국의 미장원을 기계적으로 찾아 헤매는 과정은 헤라클레스의 열두 시련과 다를 바가 없다.

서울에 도착한 후에게 그의 삶을 또 다른 방향으로 틀어줄 기회가 찾아온다. 서울에서도 가장 큰 헤어숍에 취직한 그는 군사정권의 중앙정보부 직원을 남편으로 둔 '사모님'의 젊은 애인이 된다. 헤어숍이 날로 번창하면서 여자들의 머리를 매만지는 남자 미용사가 생겨나고 전신을 마사지해주는 뷰티숍 서비스도 탄생한다는 것은, 이제 우리 앞에 또 다른 독재, 즉 외모지상주의가 등장했다는 것을 알려준다. 상류층 사모님의 욕구 충족이라는 임무를 맡은 후는 간접적으로 얻어진 사회적 위치가 얼마나 유리한 것인지 새삼 알게 된다. 사모님의 머리를 손질하며 여성의 머리를 매만질 때의 쾌락을 재발견하고, 사모님의 요구에 맞추어 그녀의 온몸을 마사지하며, 사랑 없는 사랑에 몸을 맡긴다. 쾌락을 여전히 알지 못한 채 사모님의 친절을 누리면서도 연희를 찾아내겠다는 유일무이의 목적을 놓치지 않는 후는 이 갑작스러운 변화에 완전히 몰입하지 못한 채 꿈결처럼 살고 있을 뿐이다. 후의 '서비스'에 대한 포상으로 사모님은 그의 손에 연희가 일하고 있는 미장원 주소를 쥐여준다. 마침내 연희를 찾아내지만, 두 사람의 재회는 후가 그토록 바라던 모습과는 거리가 멀다. 삼촌과 박 중위가 서로의 가면을 번갈아 바꾸어 쓰며 자신을 겁탈하는 악몽에 규칙적으로 시달리는 연희는 술과 절망에 빠져 있었다. 박 중위와 삼촌의 가면은 군인들이 쓰던 선글라스의 이미지와 이어지며 연희에 대한 배신의 상징이 된다. 신화 속에서 가면은 그것을 쓰는 이들의 정체성을 감추고 은밀함 속에서 진행되는 모든 종류의 판타지를 허락하는 도구이다. 이 작품에서 우리가 만나는 것 역시 '보이지 않고도 보는' 상황. 하지만 진짜 얼굴을 드러냄으로써 가면들은 애초의 기능을 상실하고, 우리는 여기서 이미 알려진 얼굴에 쓰는 가면이란 알려지지 않은 육체를 감추기 위한 거라고 추측할 수 있을 것이다. 유희를 명령하는 자의 육체. 트라우마를 실은 꿈, 에로틱한 꿈, 후의 출현이 이 모든 꿈을 다시 꾸게 한다. 사촌 누나를 향해 후가 품은 복잡한 욕망은, 사촌 동생을 향한 연희의 어수선한 욕망과 대칭 구도를 이룬다. 다시 시작된 악몽 속에서 후의 가면이 삼촌과 박 중위의 가면 위로 중첩되고, 후의 가면은 그것이 이 욕망을 억압하는 도구가 됨과 동시에 연희가 후에게 느끼는 진정한 욕망을 나타낸다. 더 정확하게는 욕망에 대한 거절은 곧 욕망을 인식하는 한 방법이다. 연희를 향한 자신의 욕망이 두 사람을 위험에 빠뜨린다는 것을 깨닫고 후는 사촌 누나의 집을 떠난다.

십자가의 길

다시 시작된 순례. 그렇지만 후의 열정passion은 점점 고조된다. 프랑스어에서 그 어원을 따지자면 '고통Souffrance'으로 거슬러 올라가는 단어 '열정'은 이미 앞서 겪은 사건들로 무너진 후의 심리적 균형을 더욱 헝클어뜨린다. 이미 사춘기를 훌쩍 넘긴 청년 후에게 찾아온 새로운 감정이 근친상간으로 보일 수도 있다는 걸 알면서도 후는 사촌 누나에게 그러한 감정을 품고 있다. 주체를 괴롭히는 것은 상상이라고 철학자는 말한다. 후는 사건의 주인도 시간의 주인도 되지 못한다. 욕망의 포로가 되어버린 후는 끊임없이 이전 상태로의 복원을 소망하며, 자기 삶을 지배하는 열정을 알아채고 유일한 대상을 향해 모든 충동을 데려간다. 이 과정을 설명하는 것이 바로 후가 꾸는 에로틱한 꿈이다. 성행위가 절정에 다다를 때 사모님의 얼굴 위로 중첩되는 건 연희의 얼굴이다. 하지만 후의 얼굴은 가면에 가려져 있다. 그가 알지 못하는 가면, 하지만 얼굴이 알려질까 두려워 감히 벗어던질 수는 없는 가면. 가면을 벗는 날, 후는 두 손으로 맨 얼굴을 만지게 될 것이다. 나르시스는 이렇게 정점에 오를 것이다. 자기 맨 얼굴을 모르는 이상, 나르시스는 계속해서 살아갈 수 있었다. 그러나 맨 얼굴을 만나는 그 순간부터 그의 생도 끝난다. 정신분석학은 이렇듯 열정의 목표는 유년의 감동들을 복원하는 데 있다는 것을 상기시킨다. 열정이란 기억에 의존하는 법이므로 이 복원 동작은 개인의 자유를 위반한다. 이렇게 후는 연희를 되찾겠다는 목적을 가지고 이전의 상태, 그의 유년 시절, 기억이 아직 완성되지 않았을 때의 희미한 의존 상태를 탐구해나간다. 후는 사랑의 신성불가침한 조건인 전망과 앞날을 추구하지 않는다. 후가 추구하는 것은 시간 이전의 시간이다. 사르트르가 단언했듯, 우리의 모든 생이 실패의 이야기라면, 후의 전망이란 실패 이전의 시간, 그러니까 아무것도 없는, 태어나지도 않은 처녀의 상태에서만 생겨날 수 있다.

우리는 이런 후를 에로틱한 욕망의 범주 속으로만 환원시킬 수 없다. 욕망의 가장 섬세한 형태인 불가능에 대한 갈망. 후는 자신이 실패를 향해 달려간다는 것을 모르지 않는다. 열정은 통찰력을 완전히 차단할 수가 없다. 열정과 통찰력 사이의 다툼 속에서 후가 추구하는 것은 존재의 힘이다. 오직 타자의 출현에 의해서만 설명될 수 있는 존재의 힘. 열정은 종종 미끼가 된다. 남몰래 갈망하거나 갈망되는 것은 타자인 것. 타자가 없다면 스스로를 정의할 수도 알 수도 없다. 따라서 후가 찾아 헤매는 것은 타자, 그에게 존재 증명을 가져다줄 수 있는 타자이다. 그리고 심리적 안정감, 전에 후가 수도원에서 그에게 성경 읽는 법을 가르쳐주던 형제에게서 느꼈던, 그에게 '라면'을 알게 해준 박 중위에게서 느꼈던, 다정한 보호의 느낌과 에로틱한 욕망을 함께 느끼게 해준 연희이다. 그러므로 신 이외에 과연 누가 심리적 안정감('분리할 수 없는 불변'으로서의)과 사랑을 줄 수 있을까. 후는 그의 본성(스피노자)에 따라 존재하기 위해 힘을 갖고 싶어 하며 동시에 자신을 소외시킨다. 욕망이 여러 개인 경우 열정은 욕망의 통일, 단일 대상에 대한 집중을 가정한다. 열정의 소유자는 그 열정의 극단을 향해 팽팽해진다. 그의 이해를 돕는 길이 바로 거기 놓여 있다. 그러나 후는 "좁은 문"을 지나쳐야 할 것이다. "천복(天福)의 예감이 뒤섞인 헤아릴 수 없이 기이한 고통과 노력으로 나를 이끌던, 모종의 시련과도 같은 꿈 속에서 나는 그 좁은 문을 재현했다."[12]

길 위에 몸을 눕히기

후는 다시 길을 떠나고 지속적인 고통이 그를 뒤따른다. 여행은 육체적이고 정신적인 피멍과 실패의 아주 긴 연장선에 지나지 않는다. 어디에도 기쁨은 없다. 솔잎을 모아 끼니를 때우고,

12 앙드레 지드의 소설 『좁은 문』에서 알리사는 자신을 사랑하는 사촌 제롬이 하느님의 길로 나아갈 수 있도록 의도적으로 야위며 파리해진다. André Gide, *La Porte étroite*, Paris: Mercure de France, 1959.

마치 예전에 다윗 왕이 속죄를 위해 그랬듯 바위틈, 역, 땅바닥에서 잔다. 후는 속죄의 여행을 떠난다. 금지되었으나 억제할 수 없었던 욕망, 방출하지 않으면 결국 쫓겨나버리고 말 욕망을 스스로에게 내리는 형벌처럼 억누르는 고통과 속죄를 통해 후는 신의 힘을 깨닫는다. "걷기는 세상에서 가장 쉬운 행위"라던 철학자 프레데리크 그로Frédéric Gros의 한마디를 떠올려보자. "타인 앞에 한 발을 놓는 것만으로 족하다. 〔……〕 하지만 이는 아주 고유한, 영적인 동작이기도 하다."[13]

비폭력적이며 지속적인 노력. 걷기는 인내와 의지, 결단력과의 싸움이다. 한번 명명된 지점에 도달해야 할 때 목표는 바뀌지 않는다. 하지만 목표물이 발걸음 속에 녹아들 때, 우리가 걷기에서 기대할 수 있는 건 과연 무엇이란 말인가? 발과 정신이 그들의 노력을 따라주지 않을 때는 어떻게 걸어야 하는 걸까? 『전쟁과 평화』에서 톨스토이는 이렇게 말했다. "움직이는 누군가는 그 움직임에 목표를 부여한다. 천 리를 가기 위해서 그는 천 리 끝에 뭔가 좋은 것을 만나게 될 거라고 생각하지 않으면 안 된다. 계속해서 나아갈 힘을 얻기 위해 반드시 필요한 것은 약속의 땅이 주는 희망이다."[14]

후는 육체의 무질서 속을 걷는다. 그는 수도원 시절 배워둔 성경 구절을 읊조리며 십자가의 길을 계속 나아간다. 길은 보이지 않는 곳까지 뻗어 있고, 연희를 되찾겠다는 의지가 그에게 고스

13 Frédéric Gros, *Marcher, une philosophie*, Carnet Nord, 2009.

14 Léon Tolstoï, *La guerre et la paix*, trad. Elisabeth Guertik, Paris: Le Livre de Poche, 2010.

란히 남아 있지만, 여행의 본질은 후를 변화시킨다. 걸을 때, 정신은 자신의 장소를 발굴하기 위해 조급해지는 법. 그곳은 종종 가장 어두운 곳, 낮에는 아주 천천히만, 자기 의지에 의해서만 아주 드물게 닿을 수 있는 곳이다.

바깥에서 안쪽을 향해 진행되는 변화. 『그곳이 어디든』의 유가 외부 환경들이 그의 삶을 조건 지었다고 말했듯, 우리는 여기서 그것을 속죄를 위한 시련 형태로 다시 만난다. "걷는 동안 찾아오는 생각만이 가치가 있다"라고 니체가 말하지 않았던가. 장장 1년 동안 걷고 또 걷다가 피곤이 절정에 달할 때, 후는 주저앉을 것이고 누군가 그를 구해줄 것이다. 그 누군가 역시 아주 오랫동안 걸었던 사람이다. 남자는 후에게 충고한다. 세상 속에서 세상과 상관없이 사는 법을 배우기 위해서는 길 위에 몸을 올려놓아야 한다고. 『그곳이 어디든』에 등장했던 주제와 이 작품이 재회하는 것은 바로 이 지점이다. 영원으로 들어가려면 어떻게 해야 하는가? 영원의 삶이 아닌 영원, 시간의 해제. 남자는 후의 몸을 들쳐 업고 병원으로 옮기면서 「로마서」를 읊조린다. 천산 수도원에서 지내던 시절 후가 암송했던 「로마서」. 이 남자는 바로 한정효 장교다. 미지의 세상을 찾기 위해, 그리고 출발점으로 되돌아오기 위해 그 역시 길 위에 있었다. "낯선 세계가 목표여서가 아니라 그 세계를 통과해 도달할 회복을 위해 그렇게 해야 한다고 남자는 생각했다"(p. 286).

남자는 말씀이 무자비하고 막무가내의 현실 앞에서는 아무 힘도 없다는 것을 확인시킨다. "길의 안쪽으로 깊이 들어가면 세상의 작용이 아주 미미하게 느껴져요"(p. 292).

이승우 작가의 작품 속 모든 화자가 몹시 아끼는 주제 한 가지가 있다면, 그건 움직임이 곧 존재 자체의 조건이라는 명제일 것이다. 유, 박부길, 후, 한정효 등 많은 인물이 자기가 살고 있는 곳에서 끝없이 분리된다. 그러다 마침내 어딘가 정착하려 할 때, 불행이 멀지 않은 데서 도사리고 있다. 후는 마침내 연희를 찾아냈으나 그것이 후에게는 오히려 실패였다. 천국에 닿으려면 오래오래 걸어야 한다.

서로 분리된 시간 속에서 벌어지는 두 가지 시련이 후를 피할 수 없는 결론으로 이끈다. 먼저, 후가 돌아오는 것을 두려워한 사모님은 건달 둘을 보내어 그가 서울로 돌아오지 못하도록 으름장을 놓는다. 두번째 시련에서, 후는 지명수배 전단의 사진과 닮았다는 이유로 절도범으로 몰린다. 후는 그와 쌍둥이처럼 닮은 용의자의 사진이 박힌 수배 전단지가 붙어 있는 벽과 가장 가까운 기둥 아래 비스듬히 쓰러져 잠이 들었다. 이승우의 유머 감각은 이처럼 우스꽝스러운 분신술 에피소드 속에 드러난다. 주민등록증을 들이밀어보았지만 후는 연행된다. 감방에 갇히고, 심문을 받은 후는 한 달 반 동안의 감금 이후 무죄가 입증되어 풀려난다. 이전 소설에서와 마찬가지로 주민등록증은 혼란의 유희만 야기할 뿐 신분 증명이 되지 못한다. 주민등록증의 부재는 정체성의 상실과 동의어가 되고 때로 주민등록증은 있어도 무용지물이다. 주민등록증이 있는 경우와 없는 경우, 이 두 가지 에피소드 속에서 처벌은 동일하다. 연희에게도, 사모님에게도, 심지어 길 위에서도 후를 위한 자리는 없다. 골고다는 아직 멀기만

한 것이다.

후에게 남은 건 예전에 박 중위를 죽였다고 생각했을 때 그를 받아주었던 천산뿐. 시골 출신의 순수한 사춘기 소년에서 젊은 기둥서방이 된 후는, 한때 독재자의 오른팔이었으나 아내의 때 이른 죽음으로 성경으로 귀의한 한정효 장교가 밟았던 길을 평행 이론처럼 따라간다. 두 사람 모두 심상치 않은 상황과 함께 천산에서 만나게 될 것이다. 한정효는 죽어가고, 그의 마지막 순간을 후가 지킨다. 과오를 속죄하며 죽어가는 이에게서 우리는 『식물들의 사생활』과 『그곳이 어디든』 속 인물들과 재회한다. 죽기 직전의 한정효는 수도원 벽면을 성경 글귀로 빼곡히 채웠다. 질병으로 중단된 그의 작업을 이제는 후가 이어받는다. 그리고 자기 차례가 되자 후는 흙 밖으로 머리만 내민 채 스스로의 몸을 파묻는다. 그 육체, 그에게 숱한 괴로움을 주던 육체는 이제 매장되고 억압되며 영원히 시야에서 사라지지만, 필시 하나님의 날을 기다리고 있을 머리만이 유일하게 세상에 남겨진다. 『당황하는 사람들*Les désarçonnés*』에서 파스칼 키냐르는 이렇게 말했다. "전 생에 걸쳐 우리는 근원의 장소를 찾아다닌다. 내가 부재하고 육체가 잊히는 그런 공간을."[15]

『지상의 노래』는 어쩌면 복잡하게 쌓이고 얽힌 것들을 비워내는 소설인지도 모르겠다. 덜어내기의 소설. 냉혹함을 향한 행진.

15 Pascal Quignard, *Les désarçonnés*, Paris: Grasset, 2012, p. 14.

상실에서가 아니라 꽉 차서 방해가 되는 것들을 의도적으로 버림으로써 무게를 덜어내기. 후는 지금까지 자기에게 꼭 필요한 것으로만 여겨졌던, 그러나 착각에 불과했던 수많은 짐들을 하나하나 내려놓는다. 소비재, 사물, 감정, 볼거리, 다양한 허영심 등 축적과 행복 사이에서 균형을 찾으며 언제나 삶을 더 무겁게만 만드는 우리의 모습과 달리, 후는 한없이 길을 걸으며 무게를 덜어낸다. 앞으로 나아가기 위해선 스스로 가벼워져야 한다는 걸 후는 알고 있다. 발걸음이 후를 시간 없는 시간으로 이끈다. 비기질성으로의 회귀, 삶 이전의 삶으로. 박 중위의 욕망에 의해 활성화되었던 후의 욕망은 그에게 견딜 수 없는 긴장과 압력이 되었더랬다. 부모의 죽음과 연희의 실종으로 인한 외상은 후를 외로움과 자기 보존의 욕구(그럭저럭 후가 이겨내긴 하지만)와 꿈을 통해 드러나는 에로틱한 충동 사이에서 영원히 번뇌와 마주보게 한다.

그 '*서글픈 열정passion triste*'[16]을 후는 이해하고 싶어 하지만 그럴 수가 없다. 왜냐하면 그의 행동은 그가 알지 못하는 외부의 힘에 의해 만들어진 것이기 때문이다. 이 부정적인 '집요함'은 막다른 골목과 같아서 깨달음도 아주 서서히 찾아온다. 이성은 아무런 힘이 없고 오직 순례만이 그를 구원할 수 있다. 연희를 찾아내고야 말겠다는 확고부동한 목적 속에서 후가 걸어 나가는

16 스피노자는 행동 능력을 약하게 만드는 감정을 두고 '서글픈 열정'이라고 지칭했다. 이는 행동 능력을 증가시키는 '기쁨의 열정'과 반대되는 개념이다.

길은 이제 목적 없는 탐색으로 변화한다. 서서히 다가올 피할 수 없는 결말을 좀더 받아들이기 위해 후는 자신을 내맡긴다. "느림과 기억, 속도와 망각 사이엔 은밀한 연결점이 있다"[17]라고 쿤데라가 말하지 않았던가. 후의 비극은 바로 여기에 있다. 후는 존재하기 위해 기억해야 하고, 살아남기 위해 잊어야만 했다. 행복주의eudémonisme[18]와는 거리가 멀어도 한참 먼 후는 자기 욕망을 길들이기 위해 온갖 계율을 실천해나갔다. 그는 한없이 걸었으며 한없이 성경을 읽고 또 읽었다. 더 이상 욕망에 사로잡히지 않고, 조절할 수 없는 공포로부터 벗어나면서, 수도원 형제들이 그랬듯, 『그곳이 어디든』의 유가 그랬듯 후는 이렇게 자기 상실로 뻗어나가는 세상으로부터 벗어난다.

17 Milan Kundera, *La lenteur*, Paris: Gallimard, 1995.

18 궁극적인 행복을 옹호하는 철학 사조.

6. 흔들림에 대한 분석
—『한낮의 시선』에 대하여

"사람들은 살기 위해서 이 도시로 모여든다. 하지만 내게는 도리어 죽기 위해 모인다는 생각이 든다."[1] 불확실함의 비극을 이야기하는 소설 『한낮의 시선』을 여는 것은 릴케의 문장이다. 화자인 '나'(한명재)는 결핵 보균자로, 살면서 단 한 번도 스스로에게 던져본 적 없었던 질문에 대한 답을 찾기 위해 고군분투한다. 화자는 결핵의 전염성 따위엔 관심이 없다. 질병이란 다만 그가 그토록 갈망해왔던 혼자만의 시간, 가족으로부터 분리되어 지낼 수 있는 합법적 고독을 허락한다는 의미가 있을 뿐이다. 병원에서 결핵 보균자 진단을 받은 화자가 엑스레이 필름 속 자기 폐를 들여다보며 정말로 오랜 세월 땅속에 묻혀 있다가 발굴된 무슨 동물의 뼈나 발자국처럼 고고학적인 분위기를 떠올리면서 피

1 Rainer Maria Rilke, *Les carnets de Malte Laurids Brigge*, trad. Claude David, Gallimard, 1991.

식 웃었던 것도 어쩌면 그런 이유에서였을 것이다. 그와 함께 병원을 찾은 어머니는 아들이 요즘은 찾아보기도 힘든 병에 걸렸다는 사실을 쉽게 믿지 못하고, 그런 어머니에게 화자는 요양의 필요성을 역설한다. "나는 그녀가 생각도 하지 않았을 요양에 대해 말함으로써 그녀가 받아들이려고 하지 않았던 결핵을 받아들이게 했다"(p.10). 이 대목에서 우리는 이승우식 은밀하고 역설적인 웃음 미학을 엿본다. 이어서 '나'는 어머니에게 "스트레스는 만병의 근원"(p. 12)이라는 논리를 편다. 현대 의학이 이제는 더 이상 반박하지 않는 진단[2]이긴 해도 '나'는 스트레스 대신 부정적인 감정이라는 말이 더 타당할 거라는 생각이다.

이승우의 작품 세계에서 암, 결핵, 호흡 곤란, 천식 등 질병이 차지하는 자리는 결코 중립적이지 않다. 거의 전 작품에서 질병이, 그중 흔하게는 폐와 관련된 질병이나 호흡기 질환이 등장하고, 불치의 암으로 마지막 장면을 마무리하는 작품 역시 여러 편 있다. 중국 전통 의학에서는 인간의 감정이란 인체 기관과 연결되어 있으며, 인체 기관은 또한 기를 전해주는 기맥과 연결된다고 한다. 가령 폐와 연결되는 인간의 감정은 슬픔이다. 이 글에서 특히 주목할 점은 중국 전통 의학에서 폐의 상징일 것이다. 폐와 연관된 모든 질병의 원인은 환경에 좀처럼 동화되지 못하거나 타인 또는 자기 자신과 관계 맺기에 어려움을 겪는 데서 온다. 폐 기맥은 내적 중재자로서 호흡이 생산한 에너지를

2 이에 대한 많은 관련 서적 중에서 안토니오 다마지오Antonio Damasio의 저서들을 참고로 한다. 스피노자나 니체 역시 좋은 참고가 될 것이다.

축적했다가 날씨, 대기 오염 또는 감정 등 외부의 공격으로부터 스스로를 지켜나갈 힘을 몸과 정신에 전달해준다. 그러니 폐가 피부, 털, 손톱 등 인체의 모든 보호 체계를 관리한다는 것은 어쩌면 당연한 사실이다. 또한 폐는 타인의 출현이나 외부에 대한 감정 등 환경이 전달하는 정보를 조절해주기도 한다. 폐는 이렇듯 외부에서 들어오는 것을 조절하고 다른 신체 기관과 협력함으로써 행동 방침을 결정한다. 그런데 이 에너지 극과 주체의 어려움은 바깥세상으로부터 어떤 자극이 들어올 때 보호 장구 속으로 자신을 가두는 경향이 있다. 폐의 에너지는 철에 의지하는데, 동양식 우주 생성론에 따르면 동물로는 호랑이이며, 방위로는 서쪽이다(『그곳이 어디든』에 등장하는 '서리'를 떠올려보자).

눈 밝은 독자라면 이쯤 해서 궁금할 것이다. 문학 작품에 대한 분석을 시도하겠다는 이 글에서 도대체 왜 몸과 질병의 상징으로 우회하고 있는 것인지. 이에 대해 인간의 몸이 지적이면서 창의적인 생산 활동에 참여하고 때로는 자칫 이상한 방향으로 흐를 수 있는 텍스트를 좀더 효율적으로 이해할 수 있기 때문이라고 대답할 수 있겠다. 분명 소소하긴 해도, 문학 평론에서는 결코 익숙하지 않은 한 자리를 질병과 몸의 상징에게 마련해주자는 것 역시 이 글의 방향이다. 이는 물론, 작품 속 등장인물이 맞닥뜨린 평범하지 않은 상황에 이례적인 조명을 비춰줄 수도 있을 거라는 기대감에서라고 해두자. 스피노자는 감정에 관한 그의 이론에서, 그리고 니체는 영혼과 몸은 어떻게 대립하는가라는 고민에서 이미 한 가지 이상의 직관을 가지고 있었다. 여기서는 인간의 행동 속에서 인체 구조와 연관된 감정의 무게를 보여주려 애쓰는 등장인물이 겪는 이성적 어려움에 대해(등장인물뿐 아니라 작품 속 모든 인물들이 이러한 어려움을 호소하고 있다) 이야기하려 한다. 그리고 이는 중국 사상 의학을 포함해 전통 의학에서 이미 오래전에 시도했던 일이기도 하다.

휴전선에서 가까운 작은 도시에 도착한 화자는 릴케의 『말테의 수기』와 같은 느낌을 받는다. 늦은 밤이 되어서야 그곳에 간신히 닿았으나 모종의 불안, 근심, 미스터리, 어쩐지 스스로에게 갇히는 것만 같은 느낌이 '나'를 사로잡는다. 이러한 불안감에서 우리는 거기에 도사린 한 가지 비밀과, 화자가 그곳을 찾은 건 단순히 요양 때문만은 아니라는 걸 어렴풋이 감지하게 된다. 그렇지 않다면 온천장으로서의 유명세도, 변변한 의료 시설도 갖추지 못한 이곳까지 온 이유가 뭐란 말인가. 이곳을 찾기 전까지 '나'는 잠시 주택 임대업자인 어머니 소유의 집에서 머물렀었다(이 또한 이승우 소설에서 빈번히 등장하는 직업이다). '나'는 반듯이 누웠다가 옆으로 비스듬히 자세를 바꾸고 얼마큼 지나 다시 몸을 옆으로 굴리며 온 방 안을 다 돌아다니면서 책을 읽으며 거의 대부분의 시간을 보낸다. 가족 내에서 자기 자리를 찾지 못하는 한명재는 책 읽는 자세조차 불안정하다.

폭로

어느 날, 정년퇴직한 국립대학 심리학과 교수가 두루마리 화장지를 들고 인사차 명재의 거처를 찾는다. 화장지라는 사물의 일차 용도가 오행에서 폐와 짝을 이루는 대장을 은유한다는 점에 대해서는 말해둘 필요가 있겠다. 대장은, 보관할 필요가 없는 것들을 내보낼 때 배설까지 이르는 시간을 기록하며 육체와 정신의 위생 상태를 전담하는 기관이다. "나는 인간이다, 인간에 관한 그 어떤 일도 나에겐 낯설지 않다Je suis homme, et rien de ce qui est humain ne m'est étranger"[3]라는 말이 있듯, 두루마리 화장지를 통한 배설의 은유는 낯설지 않은 장치가 된다. 마치 자연스러운 수순을 밟듯 방문객이 "아버님은?" 하고 묻자 화자는 "없습니다"(p. 24)라고 답하고, 이런 그에게 교수는 "더구나 누구도 부정할 수 없고, 어떤 경우에도 부정되지 않는 것이 있는데 아버지야말로 그런 존재지. 죽기 전에는 없어질 수 없다는 뜻이야. 어떤 경우에는 죽어서도, 죽은 채로 있는 게 아버지지"라고 지적한다. 교수를 만난 건 행운일까? 뒤늦은 자각일까? 아니면 억압을 뚫고 나오는 어떤 기제일까? "그렇다면 그 아버지는 죽은 것이 아니라, 죽임을 당한 거네, 젊은이의 의식 속에서 말이야"(p. 25). 교수의 폭로는 서른 즈음의 화자에게 아주 깊숙한 흔적을 남기고 '나'는 "가슴 한복판에 가시가 박힌 듯 뜨끔뜨끔"해진다. 그 때문일까. 다음 날, 화자는 "내 마음 속에 무언지 모를 불안의 입자가 떠다니면서 내부의 안락감을 공격하고 있다"(p. 26)는 느낌을 받게 되고 화자의 의식 속에 억압된 아버지가 매우 기이한

3 푸블리우스 테렌티우스 아페르(B.C. 195?~B.C. 159). 테렌스라는 이름으로 더 알려진 고대 로마 시대의 희극 작가이자 시인, 북아프리카의 노예. 여섯 편의 희곡을 썼으며, 유럽 희곡에 지대한 영향을 주었다.

방식으로 회귀한다. 숲을 산책하던 화자는 완전히 알몸으로 그에게 한쪽 손을 들어 인사를 건네고는 사라진 한 남자와 마주친다. 이것은 꿈이었을까, 현실이었을까? 뭐라고 단정 짓기 어렵다. 그것은 어쩌면 그리스 신화 속 사티로스, 로마 신화의 반인반수는 아니었을까. 이 기이한 상황이 화자인 '나'뿐 아니라 우리에게 다양한 생각의 여지를 던져준다는 것은 부인할 수 없다.

우선 이야기의 공간부터 살펴보자. 나무(또는 이승우의 작품에 종종 등장하는 숲을 떠올려보자)는 본질적으로 마법의 공간이다. 이 끔찍한 공간(『식물들의 사생활』에서 헨젤과 그레텔이 겪은 일은 결코 안락함과는 거리가 멀다)에는 야생 동물들이 살고 있고, 깡패, 범죄자 등 사회에서 추방당하거나 은자를 자처한 이들이 잠재적인 위험의 소굴로 전환하여 몸을 누이는 곳이기도 하다. 반면 숲을 성스러운 공간으로 간주한다면, 숲을 이루는 나무들은 땅을 하늘과 이어주며 지하 세계와 지상 세계의 매개가 된다. 알몸의 털 많은 사내가 숲에서 불쑥 나타난다는 건 어떤 의미일까? 남성성을 표시하는 수염은 사려와 성숙함, 어른의 상징이다. 아버지는 이렇게 돌연히, 불쑥 돌아온다. 안데르센 동화에 등장하는 벌거벗은 임금처럼 사내도 벗은 몸이다. 「창세기」의 노아처럼 과음 후 옷을 훌훌 벗어 던지기라도 한 듯. 노아의 아들들은 애써 시선을 돌려 아버지의 나체를 마주 보지 않고 외투를 건넸다. 프로이트와 동시대를 살았던 헝가리 정신의학자 샨도르 페렌치Sándor Ferenczi[4]는 나체를 아이의 부모 의존증을 치

4 Sándor Ferenczi, *Psychanalyse II: OEuvres complètes, 1913~1919,* Paris: Payot,

료해주는 위협의 테라피로 보았다. 왜냐하면, 잊지 말자. 남자의 나체가 감추고 있는 것, 감히 이렇게 말해도 좋다면, 그것은 오이디푸스 콤플렉스의 물리적 실현 매체와도 같은 아버지의 남성성이라는 것을. 산책길에서 만날 수 있는 알몸의 사내, 그는 도대체 누구일까. 정체를 파악할 수 없는 남자의 출현에 돌연 불편해진 한명재의 마음에 불안이 엄습한다. 뒤를 돌아보고 싶었지만 그러면 몸이 굳어버릴 것 같아 '나'는 그러지 못한다. 사랑하는 아내를 보고 싶은 마음을 억누르지 못하고 그만 뒤를 돌아본 남편 오르페우스로 인해 다시 지옥에 빨려 들어가 영영 돌아오지 못한 아내 에우리디케, 뒤를 돌아보았다는 이유로 소금 기둥이 되어버린 롯의 아내를 우리는 떠올린다.

유년 시절 깊숙이, 한쪽 구석에 찌그러진 채 방치해두었던 운명이란, 그리고 이렇게 갑자기 회귀한 운명이란 도대체 어떤 것일까? 기억 작업의 재개를 위해 이 기이한 만남이 설정된 걸까. 여태 단 한 번도 발설된 적 없었던 아버지에 대한 물음은 과연 이제 와서 돌이킬 가치가 있는 것일까? 이 신비하고 소리 없는 만남이 명재 앞에 마치 신호등처럼 깜박이면서 꿈을 소환한다. 서사의 원리로서의 꿈들이 작품을 관통하며 방아쇠 역할을 한다. 이 꿈들을 계속 살아 있게 하려면 양분이 필요하다. 말해질 수 없는 것은 꿈으로 등장하고, 화자는 이렇게 무의식으로 숨어든다. 그렇지만, 이미 너무나 많은 사람들이 말하는 것처럼 꿈이 억압의 산물인 것만은 아니다. 꿈은 또한 한껏 고조된 환영의 한

1970 in Georges Devereux, *Baubo, la vulve mythique,* Payot, 2011.

형태이기도 하다. 꿈속에서 화자는 아홉 살, 곧 2차 성징이 시작되는 나이의 소년이다. 소년은 오줌을 누고 싶어 어쩔 줄 모르지만, 꿈속에서 목소리만 들릴 뿐인 아버지는 아무 데서나 오줌을 눠서는 안 된다고 말할 뿐이다. 소년은 화장실을 찾아 온 동네를 돌아다녀보지만 찾을 수가 없다. 그러다가 결국 더 이상 참을 수 없어지자 허허벌판에서 오줌을 누는데 갑자기 구경꾼들이 나타나 소년을 놀려댄다. 소년이 느끼는 수치심에서 구경꾼들의 역할은 사뭇 중요하다. 그것은 아버지가 금한 것을 거슬렀다는 죄의식인 동시에 오줌을 멈출 수 없었다는 데 대한 죄의식이다. 아버지의 금령에 사로잡힌 소년은 쉬지 않고 걷기만 하고, 그의 방광은 터질 듯 부풀어 오른다. 어디선가 우르르 몰려온 사람들이 소년에게 닥친 불행을 비웃어대고, 관객이 있어도 아랑곳없이 오줌은 멈추지 않는다. 아버지에 대한 30년 묵은 침묵은 이런 식으로 폭로된다. 치욕이란 타자의 시선을 필요로 하고, 그것이 없으면 치욕 또한 사라지는 법. 사람들이 계속 비웃어도 오줌은 쉬지 않고 쏟아지고, 당황한 소년이 멈추려 해보지만 거대한 오줌 웅덩이가 생겨날 뿐이다. 소년의 성기는 순식간에 부풀어 올라 방망이보다도 더 커지면서 소년은 이제 분수가 되어버린다. 오줌 분수와 함께 오래된 기억들, 권위와의 또는 부성적 권위의 부재에서 비롯된 관계들이 와르르 쏟아진다. 소년이 비워내는 것은 보호의 존재, 여기서는 아버지라는 존재와 소년이 맺은 수동적 관계이다. 둘러서 있던 사람들이 슬금슬금 사라지니, 꿈도 과연 끝난 걸까? 아니, 돌연 오줌 웅덩이 속에 반쯤 잠긴 대리석이 눈에 들어오지만, 거기에 적힌 아버지의 이름을 소년은 읽어낼 수가 없다. 라캉의 이론대로라면, 아버지의 이름은 "금지의 이름Non du père"이고 그것은 읽을 수가 없는 이름이다. '나'는 읽을 수 없는 비명이('나'는 아버지의 이름을 모른다) 사실은 아버지의 묘비명이라는 걸 알게 된다. 『생의 이면』에서 어린 박부길이 불 지른 아버지의 무덤. 추억이나 감사의 표식인 비석이 여기서 이렇게 오줌 웅덩이를 내려다볼 때, 아버지의 금령은 비로소 모습을 드러낸다. 금령은 이렇게 사물의 형태로 존재를 알린다. 꿈은 끝이 나고, 구경꾼은 더 이상 필요가 없다. "문제는 사라진 그것이 기회가 되면 일그러진 형태로나마 자기를 드러내려 한다는 데 있어. 존재하는 것들은 다 표현하려고 하지. 그럴 때 기억의 임자몸은 매우 힘든 동통에 시달리게 되는 거고. 바닷물을 다 퍼내든지 바닷물 속으로 몸을 집어넣든지 해야 하니까"(p. 38).

오줌, 바다이자 어머니la mer-mère의 머나먼 친척, 그리고 하늘의 아버지의 우뚝 '솟은' 비석의 존재가 병치되면서 모든 숭배자들에게 필요한, 그리고 모든 숭배에 없어서는 안 되는 신성한 공간을 형성한다. 비석은 식별하기 좋은 토템이다. 우뚝 선 아버지의 이미지와 권위는 이렇게 복구되고, 비석을 통해 재현된다. 그럼에도 '나'는 책임감 있는 어른이 되기 위해 자신에게 필요했던 모든 것을 이미 가졌으므로 아버지는 필요 없다고 외친다. "도대체 아버지가 무엇 때문에 필요하단 말인가?"(p. 51). 『느림』에서 밀란 쿤데라는 이렇게 단언했다. "어쩌면 인간이 처음으로 누군가에게 선발되었다고 착각하는 것은 젖먹이 시절이 아닐까. 공적도 없는데 어머니의 사랑을 살뜰히 받고 힘 다하는 데까지 더 많은 보살핌을 달라고 요구하던 그 시절."[5]

불가능한 망각에 대하여

청년의 욕망에서 불쑥 튀어나온 아버지는 덧난 상처를 다시 헤집고 들어가 '나'에게 새로운 결핍을 유발한다. 조언을 구하기 위해 찾아간 심리학과 교수는 끊임없이 돈을 요구하던 삼촌을 살해한 한 청년의 사건을 들려주며 영원히 회귀하는 억압의 속성을 넌지시 시사한다. 빚에 몰린 삼촌, 아버지를 대신해주는 인물…… 이러한 상황은 『생의 이면』 『오래된 일기』 『지상의 노래』 『한낮의 시선』에서도 지속적으로 환기된다. 사건 속 청년은 '아버지나 다름없지 않냐'며 금전을 요구하는 삼촌을 죽이고(아버지는 둘일 수가 없는 법!) 시체를 산속에 매장한다. 며칠 후 몽유병자가 된 청년은(몽유병은 무의식에게 말을 거는 또 다른 방법일 터) 경찰에 발각되기 전 매일 밤 "마치 유물을 발굴하듯"(p. 40) 땅을 판다. 심리학과 교수는 이렇게 이야기를 마무리한다. "그는 더 이상 나에게 아버지가 없는 존재가 아닌 게 된 것 같다는 사실을 상기시켰다. 몽유병자가 되어 제 손으로 흙을 파기 시작한 불쌍한 남자를 생각해 보라고 그는 말했다. 흙을 파지 않고 편히 잠잘 수 있다면 몰라도, 자다 말고 일어나 흙을 파기 시작한 이상 계속 파헤치지 않을 수 없을 거라고, 거기서 찾는, 찾아

5 Milan Kundera, *La Lenteur*, Paris: Gallimard, 1995.

야 하는 것을 발견할 때까지 몽유병은 결코 사라지지 않는 법이라고 그는 말했다."

이제 화자 한명재는 아버지가 그 어떤 상황에서든 결코 잊힐 수 없는 존재임을 깨닫는다. 교수는 덧붙인다. "사람은 근본적으로 무언가를 찾고 추구하는 존재거든. 때로는 자기가 무얼 찾는지, 왜 추구하는지도 모른 채 찾고 추구하지"(p. 41).

여기서도 물론 아버지 찾기 모티프는 작가의 모든 작품으로 확장될 수 있다. 박부길도, 후도, 지금 우리가 만나고 있는 한명재 역시 그렇다. 화자가 꾼 꿈은 아버지를 대신해 자신을 키워준 삼촌을 환기시킨다. 삼촌의 눈빛을 '나'는 자상함, 다정함, 연민으로 기억하고 있다. 타인의 시선이야말로 이 작품의 골조를 이룬다. 이승우의 작품 속 인물들은 추방된 자 또는 평범하지 않은 존재라는 감정으로 고통받는데, 그것의 근원은 고아라는 처지에서 찾을 수 있다. 고아라는 불변의 사실, 그리고 역사적으로 전통적인 가정이 지녀온 무게가 여전히 깊이 각인된 나라 한국에서 남과는 좀 '다른' 존재로 살아간다는 사실은 두 겹의 형벌처럼 드리워진다. 이혼, 사망, 결손 가정 등 예외로 간주되는 상황들이 아이를 평범한 질서 밖으로 떠밀고 곱지 않은 눈총을 견디게 하는 나라. 사회적이며 개인적 차원에서 각인시킨 이 '다름'은 아이를 기어코 특별한 존재로 만든다. 무리에서 추방되었다는 감정이 아이에게 찾아 들었을 때, 아이가 이제 스스로를 추방시킬 위험 또한 결코 멀리 있지 않다. 아버지 찾기를 향한 의지는 내적 갈등에 빠진 명재의 분별 능력을 한참 벗어난다. 인간의 자유의지는 없다고 쇼펜하우어가 말하지 않았던가. 이렇듯 자유의사에서 탄생한 의지는 세상의 모든 결정론으로부터 달아난다. 의지란 행동에 대한 인식에서부터 그것의 구축, 그리고 가능한 결과에까지 이르게 하는 반사적 역학을 가정하기 마련인데, 자신이 결정한 것 이상을 '감지하는' 한명재의 경우는 그렇지 않다. "내가 나의 의지에 따라 적극적으로 무엇을 찾아다니는 것이 아니라 무엇이 나를 끌고 다니는 건지 모른다"(p. 88)는 생각에 그는 불편해진다. 이를 통해 작가는 우리가 우리 의지와 상관없는 외적인 것으로부터 성숙하고, 외부에서부터 "행동될 수도" 있지 않느냐고 빈번히, 집요하게 독자에게 묻고 있는 것이다.

계획을 실행에 옮기게 하는 개인의 의지는 보통 반사적이며 자동적인 활동에 저항한다. 의지의 주인이 우리 자신이라는 건 착각에 지나지 않는다. 의지가 우리 내부에서 우리도 모르게 작용하고, 우리는 이 욕망에서 저 욕망으로 끝없는 원무를 추듯 그저 둥글게 둥글게 이동할 뿐이다. 우리 자신이 의지의 활동에 대해 영원한 지배력을 소유한다는 생각은 환상에 지나지 않는다. 그리하여 명재는 이렇게 반문한다. 내 의지의 주인은 과연 나인 걸까. 그것은 의지를 비껴가는 어떤 힘을 향한 질문이기도 하다. 『권력에의 의지』에서 니체는 이렇게 말하지 않았던가. "인간에게는 자신을 반대하는 그 무언가가 필요한 법"[6]이라고. 『그곳이 어디든』의 '유'처럼 제 것이 아닌 다른 의지에 반응하는 한명

6 Frédéric Nietzsche, *La Volonté de puissance*, trad. Henri Albert, Paris: Mercure de France, 1952, p. 84.

재는 이제 힘이란 무엇인가에 대해 반문하게 된다. 예정도 계획도 없는 충동과 긴장 속에 그는 이제 아버지를 찾아 나선다. 그런 의미에서, 본인의 의지가 더 이상 자기 통제하에 있지 않다고 생각하는 명재는 옳다. 욕망, 아주 최근에 찾아왔을 뿐인 그 욕망에 명재는 이끌린다. 여자친구 P가 빗대던 연가시라는 유선형 동물과도 같은 방식으로(p. 86).

연가시 유충은 메뚜기가 뜯어 먹는 풀에 달라붙어 있다가 풀과 함께 메뚜기의 배 속으로 들어간다. 그 속에서 영양분을 공급받으며 자란 이 벌레는 성체가 되면 메뚜기의 항문을 통해 세상으로 나와 물가로 향한다. 한명재는 마리오 바르가스 요사의 작품 속에서 이와 유사한 또 다른 예를 찾아낸다. 페루 출신 작가 바르가스 요사는 작가의 문학적 소명이라는 것도 작가의 삶을 먹고 산다고 말했다. 작가는 자신을 위해 사는 게 아니라 그의 배 속에서 주인 행세를 하는 고독한 촌충에 복종하며 살아갈 뿐이라는 것이다. 한명재 역시 힘의 포획물이며, 그 힘이 그의 의지를 잡아먹고, 아버지를 찾겠다는 욕망에 물을 댄다. 여기에 화자는 또 한 가지 일화를 보탠다. 두 군인이 있었고, 일병은 폭군과도 같은 고참의 노예가 된다. 고참이 다른 일병을 노예이자 학대의 대상으로 선택하자, 주인이 없어진 처음의 일병은 그를 살해한다. 이 세 가지의 일화를 통해 우리가 재발견하는 것은 인간의 행동에는 모종의 불가피성이 있다는 것이다. 내부의 어떤 힘이, 그것이 다른 무언가를 치명적으로 파괴하는 힘이라 할지라도 모든 논리와 의지에 반해 행동하도록 우리를 내몬다.

한명재의 갈등은 '자기 보존이라는 순수한 필요성에 의해 외부에서 들려주는 것'을 그대로 완수함으로써만 해소될 수 있다. 잠복하는 그의 욕망은 신의 욕망과 반항한다. 배뇨를 금지한 한명재의 꿈속에서 재현되었듯, 금기의 모습을 띤 아버지의 형상은 곧 명재의 유년에는 부재했으나 그것은 영원한 부재가 아니라 필요에 의해 이동되었을 뿐이다. 여기서 초자아를 이루는 것은 아버지가 아니라 아이, 아버지의 형상을 부여하는 아이 자신이라는 사실을 떠올려보자. 경찰, 교수, 신부나 승려 등 권위와 금기를 표시할 수 있는 다른 모든 형상들 또한 여기에 해당될 수 있다. 아이는 이 인물들에게 자기 무의식 속에 살아가는 금기의 재현들을 투사한다. 아버지의 부재를 대신하는 삼촌이 안쓰러움과 간절함과 연민 이상도 이하도 아닌 것은 이런 이유에서일 것이다. 아버지 없는 아이는 다른 형상, 더 힘센 어떤 것을 찾아 거기에 사회적이며 충동적인 권력을 부여하게 마련이다.

정치인 아버지

한명재는 폐병 요양차 머무는 고장의 지방선거 후보로 나선 아버지와 재회한다. 아버지는 기호 2번이었다. 유세장에서 아버지와 맞닥뜨린 한명재는 모든 의혹을 진작에 잠재울 심산으로 자신의 이름과 성, 어머니의 이름과 성을 차례로 말하지만, 2번 후보자에게 그는 모르는 사람일 뿐이다. 아버지는 정말로 그를 못 알아보는 걸까, 그런 척하는 걸까. 아주 간단하고 형식적인 악수 한 번으로 그와 아버지 사이의 이야기는 이미 끝나버린 것 같다. 아버지는 한명재의 손등에 자기 손을, 그다지 세지 않게 올려놓은 것 같은데도, 선명한 통증을 느낀 그는 손이 불에 데인 듯 얼얼하다. 악수로 상징화된 의사소통은 이렇게 끝나고 아들 명재의 시도는 참담한 패배를 맛본다. 그런데 이 찰나의 장면은 두 사람의 관계를 짐작하는 또 다른 후보의 눈을 피하지 못하고, 다음 날 마을의 거리 곳곳에는 정체불명의 유인물이 나붙는다. "조강지처와 자식까지 버린 사람이 주민을 위해 헌신하겠다고 합니다. 이런 사람을 믿을 수 있습니까?"(p. 114). 아버지의 반격은 바로 그날 저녁 찾아오고, 한명재는 선거가 끝날 때까지 건달들에 의해 외딴 방에 감금된다.[7] 친아들에게 둘 사이가 부자관계가 전혀 아니라는 사실을 인정하라고 종용하는 아버지의 모습은 결코 웃어넘길 수만은 없는 에피소드일 것이다.

선거 유세장에서 만난 아버지, 그리고 실패한 만남은 몇 페이지 뒤에 이렇게 서술된다. "아버지들은 사랑하거나 사랑하지 않거나 한다. 사랑은 아버지들의 권리이거나 의무이다. 사랑하는 아버지는 자기의 권리를 사용하고 있거나 의무를 다하고 있다. 사랑하지 않는 아버지는 자기의 권리를 사용하지 않고 있거나 의무를 다하지 않고 있다"(p. 132). 부성애라는 것은 이렇게, 그것이 의무와 연결될 때, 그것이 권리와 도덕과 연결될 때 법적인

7 『지상의 노래』와 『그곳이 어디든』에서 이 *건달*들은 강요의 힘, 복종이나 자신의 이익에 반하게 행동할 것을 합법적으로 강요하는 힘을 상징한다. 이는 국가의 폭력성에 대한 은유로 봐도 무방할 것이다.

관습만 제기할 뿐이다. 이런 관점에서라면 스토르게storgê는 있을 곳이 없다. "모성을 숭배하라. 아버지는 우연에 지나지 않을 뿐이다"라고 니체가 말하지 않았나. "아버지라는 초자아"(p. 66)라고 한명재는 썼다가 지운다. "아버지는 존재하지 않으면서 억압한다. 존재하지 않는 것이 심지어 그의 억압의 수단이기까지 하다"(p. 68). 어머니와의 예외적이며 이자적 관계로부터 아이를 지켜내는 것이 초자아로서 아버지의 역할이라지만, 어머니-아들 관계의 분리자이자 금지의 역할을 다하지 못하는 아버지라고 해서 본인에게 주어진 상징적 기능을 쉽게 없애버릴 수 있는 것은 아니다. 이미 벌어진 어떤 일의 흔적이란 이런 방식으로 유지된다. 아버지의 부재는 결코 완전한 부재가 아니며, 역설적으로 그것은 부재의 상징성이 얼마나 중요한 기능을 하는지를 강조할 뿐이다. 한명재가 아버지가 부재하면서도 존재한다고 단언할 때 그가 보고 느끼는 것은 바로 이것이다. 이렇듯 우리는 이제 아들의 욕망 바깥쪽에서 (어쩌면 신의 의지로?) 살아 움직이는 것은 외부에서 온 욕망이 아니라, 표면에 떠오르는 기억의 흔적이라고 말할 수 있게 된다. '한명재'라는 그의 이름이 알려주듯 명재는 그가 비롯된 가계의 연대기에 의지하지 않을 수가 없다.

꿈은 언제나 그리고 또다시

작가의 여느 작품들에서 종종 그러하듯, 우리는 꿈을 통해 무의식이 품은 비밀의 이면을 발견한다. 한명재가 아버지의 집 안으로 들어가고 있다. 언젠가 그는 쇠문의 빗장에 이마를 대고 문을 연 적이 있었다. 그에게 열쇠가 없는 것은 그다지 놀랍지 않은 일이다. 열쇠, 뚫어야 할 미스터리, 풀어야 하는 수수께끼의 상징을 통해 비밀은 본모습을 드러낸다. 여기서 빗장은 성적 함의를 넘어선다. 집 안을 들여다보게 해주는 그것은 불확실한 왕국으로 향하는 입구이며, 비밀번호가 있어야만, 열쇠의 중재를 통해서만 접근할 수 있는 안전의 공간이다. "모든 빗장은 도둑을 부른다"라고 가스통 바슐라르는 『공간의 시학』에서 썼다.[8] 한명재에게는 열쇠가 없지만, 그의 이마 위, 동양 전통에서 세번째 눈으로 불리는 그곳엔 암호가 새겨져 있다. 양 눈썹 사이에 위치한 이 세번째 눈은 자기 인식, 자각의 자리이다. 우리는 이것을 아즈나 차크라Chakra Ajna라고 부르며, 섬세한 차원의 인식, 직관, 신비주의, 통찰력, 현명함을 인지하는 위치와 연결시킨다. 그것은 아버지의 은밀한 사생활에 가까워지고 싶은 한명재의 욕망을 표시함과 동시에 지금까지는 불투명했던 그의 인식, 한명재 자신의 진정한 욕망을 투영하고 있다.

한 번 더, 말하여질 수 없는 것은 꿈꾸어질 수 있다. 한명재가 집 안에 들어갔으나, 문을 지키고 있던 아버지는 어디론가 사라져 버리고, 그는 이제 텅 비어 온기도 영혼도 없는 방 앞에 놓인 문을 연다. 비어 있는 방을 지나면 그의 앞에 또다시 새로운 문이 놓인다. 이 문을 열면 또 다른 텅 빈 방이 나타날 것이다. 사방에 문들이 아무것도 없는, 텅 빈 방을 향해 놓여 있다. 한명재가 지나는

8 Gaston Bachelard, *La poétique de l'espace*, p. 85.

그 어떤 방 안에서도 그는 자기 집 같은 편안함을 느끼지 못한다. 여전히 텅 빈 채로, 여전히 냉정한 채로 방들은 끝없이 불어나고, 그는 자기 자리를 찾지 못한 채 이 방 저 방을 가로지르느라 맥이 빠진다. 꿈 연구에서 집은 늘 주인과, 즉 주인의 몸과 연결된다.[9] 『지상의 노래』에서 후가 꿈꾸었던 집은 성적 코드를 담고 있었지만, 『한낮의 시선』에서 그것은 가족의 몸에 대한 알레고리로 이해하는 편이 타당할 것이다. 가족은 확장된 집주인의 육체다. 줄줄이 이어진 텅 빈 방들, 환대도 온기도 안전에 대한 보장도 주지 않는 이 방들은 한명재라는 존재가 느끼는 결핍, 즉 아버지를 거세당하고, 가정 내에서 자기 자리를 찾지 못한 채 부유하는 그의 처지에 대한 지표일 것이다. 꿈을 통해 스며든 집은 이렇듯 자기의 재현이 된다. 집주인의 몸은 자신의 몸을 대신한다. 거주하는 공간과 몸 사이에 세워진 관계는 "내적 주거지"[10]를 조직하고 공간에 대한 인지와 순환을 돕는다. 집은 나의 밖에서 나를 지켜주는 비아(非我, non-moi)이다. 실내 공간을 재분배하면서, 가족은 상호주체성intersubjectivité의 공간을 조직하게 된다. 집 안의 구성원을 위한 공간의 재분배는 가족 내부에서 구성원의 위치를 재분배하는 것과 같은 맥락이다. 각자는 공간을 적절하게 (혹은 그렇지 않게) 지정하고, 각자 설정한 경계에 따라 구획을 나눈다. 한명재의 꿈속에 등장한 집은 절망적인 상태로 비어 있을 뿐 아니라, 방의 정체성을 알려주고 존재의 흔적, 자기의 흔적, 타인의 흔적을 알려줄

9 M. Pongracz·J. Santner, *Les rêves à travers les âges*, Paris: Buchet-Chastel, 1965.
10 Alberto Eiguer, *L'Inconscient de la maison et de la famille*, Paris: Dunod, 2004.

가구와 사물 또한 부재한다. 이때 집은 그와 아버지의 관계와 마찬가지로 황량하기 그지없다. 아버지의 신원이 없는 한, 한명재 역시 그곳에서 신원을 가질 수가 없다. 작품 초반에 한명재가 어머니가 빌린 집에서 산다고 했을 때, 바닥에 누워 책을 읽으며 한곳에 정착하지 못하고 온 방을 돌아다닌다고 했을 때, 우리는 이미 이러한 사실을 눈치채고 있었다. 몇 페이지를 넘기면 또 다른 일화가 등장한다. 화자가 전에 읽고 신기하게도 기억을 소환해낸 여행기에 대한 이야기이다. 여행기의 저자는 카프카의 집을 방문할 목적으로 프라하로 떠난다. 하지만 그의 집요한 의지에도 불구하고 단 하루의 시간만이 주어진 남자는 종내 카프카의 집을 찾지 못한다.[11] 가까스로 카프카의 성에 가까워지는 데까지 성공하지만 방문 시간이 거의 안 남았다는 사실만 확인할 뿐이다. "나는 성에 다다랐지만 성안으로 들어가지 못한 그의 소설 속 측량기사와 처지가 같았다"(p. 81). 텅 빈 방들을 가로지르는 것, 성에 가까이 갔으나 들어가지 못하는 것. 이 둘은 명백히 닮았다.

한명재는 이제 두 가지 폭로를 대면하게 된다. 첫째는 그가 "사랑받는다는 것이 얼마나 끔찍한 것인지를 알기에 사랑받는 것을 거부한다"[12]라는 말테의 인용문을 확인했을 때의 폭로이

11 한명재와 카프카 사이에는 많은 공통점이 존재한다. 두 사람 모두 폐 질환을 앓았다. 카프카의 아버지는 폭군이었으며, 한명재의 아버지는 부재한다. 두 사람 모두 외삼촌에 대해 각별하다. 카프카는 프라하의 이 집 저 집을 전전하며 살았고 여러 카페를 드나들었다.

12 Rainer Maria Rilke, *Les Cahiers de Malte Laurids Brigge*, trad. Maurice Betz, Paris: Editions Emile Paul, 1947, p. 246.

다. 이 문장은 에밀 시오랑의 "사랑할 때의 근본적인 불행은 사랑받는다는 두려움에 있다"[13]라는 문장을 떠올리게 하면서, 우리는 사랑하지 않는 것은 불가능하다는 사실을 발견한다. "우리는 커뮤니케이션하지 않을 수가 없다On ne peut pas ne pas communiquer"라고 말한 파울 바츨라비크Paul Watzlawicz[14]에게 기대어, 우리는 그에 대해서 이렇게 말할 수 있을 것이다. "우리는 사랑하지 않을 수가 없다"라고. 사랑하는 것이, 어머니와의 관계가 아무리 가깝다 해도 절대로 채워질 수 없는 모종의 불확실함 속에서 한명재를 뒤흔들 것이다. 사랑받지 않기 위하여 사랑하지 않는다는 것은 오로지 신만이 그 사랑의 대상이 될 수 있음을 의미하는 게 아닐까. 인간들을 향한 신의 추상적인 사랑은 신과 인간들 사이에 상호 숭배의 신성한 공간, 세상의 불행으로부터 지켜주는 공간, 사람들이 왕국, 영혼, 저세상 등으로 부르는 공간을 창조할 뿐 인간을 위협하는 법이 없다.

한편, 돌연 게걸스러운 글쓰기 의욕에 사로잡힌 한명재의 모습은 두번째 폭로에 해당한다. 말테는 이렇게 썼다. "나는 공포에 저항하며 무언가를 했다. 나는 밤새 앉아 글을 썼다."[15] 이제 그에게도 배출과도 같은 글쓰기가 진행된다. 사건의 기록이나 감정의 배출과는 거리가 먼, 아버지와 명재 자신이 주인공으로 등장하는 소설을 쓴다.

13 Emil Cioran, *Le Crépuscule des pensées*, Livre de Poche, 1940.

14 심리학자이자 의사소통 이론가로, 팔로알토 학파École de Palo Alto 회원이다.

15 Rainer Maria Rilke, *Ibid.*, p. 18.

포로와도 같은 상태에서 벗어나려면 빛으로부터 등을 돌리고 어둠 속으로 걸어가야 하고, 이에 맞서려면 어둠을 털어내며 빛이 이끄는 방향으로 걸어가야 한다는 것을 한명재는 잘 알고 있다. "정신이 우왕좌왕할 때는 몸이 재판관 노릇을 한다." 그림자와 빛 사이에서 선택해야 하는 상황, 이승우의 작품에 등장하는 주인공들은 모두 그러한 선택에 익숙해져 있다. 하지만 그는 알고 있다. "어느 쪽을 편들든 흡족하지 않을 것"이며 "어느 쪽을 피하든 개운하지 않을 것"(p. 152)이라는 걸. 우리는 여기서 참여에 대한 작가의 거부를, 결정론을 거부하는 작가의 고뇌를 다시 한번 확인한다.

이제 한명재는 릴케의 경이로운 문장[16] 속 탕자의 우화[17]를 회상하면서 결론에 다가간다. 제 몫의 유산을 챙겨 집을 떠난 뒤 화려한 삶을 누린 탕자는 가난과 비참을 호되게 맛보고 나서 다시 아버지에게 돌아가 용서를 구한다. 아버지는 두 팔을 벌려 탕자를 맞으며 환영 잔치를 여는데, 그동안 집안일을 도우며 가족과 집을 지킨 큰아들에게는 어쩐지 억울한 일이었다. 말테와 한명재에게 이 우화는 사랑의 상호성과 사랑받는 일의 고통에 대해 생각해보는 계기가 된다. 하지만 말테도 한명재도 탕자의 형이 어떤 마음이었을지에 대해서는 무심한 것 같다. 형으로 말하자면, 평생 동안 사람들의 기대치에 자신을 맞추고 집안을 일구

16 *Ibid.*
17 『누가복음』 15장 28~32절.

기 위해 고된 노동을 마다하지 않았으나, 고향으로 돌아온 탕자가 받은 영광스러운 환대 같은 건 단 한 번도 받아본 적 없는 인물이었다. 형이 아버지를 향한 충성과 그가 겪은 고단한 노동의 삶을, 그리고 물질적인 풍요로움을 향한 동경을 혼동했다든가 하는 것은 여기서 중요하지 않다. 충실하고 우직한 아들이라는 이유로 그가 받은 나르시스적 상처, '몰인지'의 상처는 두말할 여지없이 한명재의 그것과 닮아 있다. 탕자의 아버지가 위로를 대신해 큰아들에게 건넨 한마디, "아들아, 나의 것은 모두 너의 것이다"가 아주 간단히 형의 생각을 해제한다. 아버지의 것은 전부 탕자의 것이자 동시에 형의 것이기도 한 것이다. 충성심이 언제나 대가를 치러야 하는 것은 아닌 법. 한명재 역시 이 아포리아를 인지한다. 그는 이렇게 쓴다. "더 나가지 마라. 거기서 멈추라. 모든 책들은 그것을 강요한다. 결말을 읽은 후에도 멈추지 않는다면 위험이나 공허를 경험하게 될 것이다. 위험이든 공허든 책의 저자가 원하는 것은 아니다. 독자 역시 다르지 않다"(p. 156). 화자 한명재는 이제 글을 쓴다.

한명재가 쓰는 허구는 소설에 바치는 소설이다. 아버지의 방문을 열고 들어간 한명재가 침대에 다가가 웅얼거린다, "저예요." 마치 성경의 한 구절처럼. "아버지에게 나아가서 내 아버지여 하고 부르니 이르되 내가 여기 있노라."[18] "이삭이 나이가 많아 눈이 어두워 잘 보지 못하더니 맏아들 에서를 불러 이르되 내

18 「창세기」 27장 18절.

아들아 하매 그가 이르되 내가 여기 있나이다 하니."[19]

어둠 속의 아버지가 대답한다. "왜 나를 찾아왔느냐? 나에게 무엇인가를 기대하지 마라"(p. 153).

종이 울리고, 한명재는 고독 속으로 번뇌 속으로 다시 쫓겨난다. 한명재가 감금되었던 농가를 나와 아버지의 방을 찾는 장면은 무척 강렬한 감정을 소환한다. 아버지의 고백은 곧 아들의 실패를 의미하는 법. 그의 아버지 찾기 여정에서 욕망들은 서로 부딪치지 않고 엇갈린다. 한명재는 여자친구 P와 함께 탕자처럼 집으로 돌아갈 것이며, 그녀는 한명재에게 다정한 생일 축하 노래를 불러줄 것이다. 우리는 사랑하지 않을 수가 없다.

19 「창세기」 27장 1절.

7. 우리는 사랑한다, 사랑했던 기억을

—『욕조가 놓인 방』에 대하여

사랑과 열정을 주제로 하는 신화에서 주인공들은 자기가 겪은 애정담을 규칙적으로 재구성하곤 하는데, 그것은 늘 잊을 수 없는 순간에 대한 모습을 하고 있다. 만남, 서로를 향한 응시, 첫 키스 등이 그 순간에 해당할 것인데, 이에 대해서라면 노발리스의 말을 빌리는 것도 나쁘지 않을 것이다. "불행한 것, 아직 사랑을 한 번도 안 해봤구나! 첫 키스를 하는 그 순간 너와 네 인생 앞에 새로운 세상이 열릴 텐데, 그리고 수천 개의 햇살이 황홀에 젖은 네 심장 속을 파고들 텐데도 말이지." 소설 『욕조가 놓인 방』에서도 주인공이 겪었던 이 최고의 순간은 끊임없이 재소환되는데, 이는 그 순간을 다시 한번 음미하기 위해서가 아니라 그와 여행 가이드인 '그녀' 사이에 사랑이 시작된 그 순간이 정확히 언제인지 날짜를 알아내기 위해서이다. 그렇지만 주인공인 '당신'은 이것이 불가능한 일이라는 걸 알고 있다. 첫 키스란 애정의 표지가 될 수 있을지언정, 그렇다고 첫 키스의 순간에 비로소 사랑이 시작되었다고 정의하기에는 아무래도 무리가 있기 때문이다. 사랑의 *시작점*을 날짜로 정확히 기억하는 일은 연인들에게 그들의 사랑이 얼마나 공고한지 따지는 증거가 되어줄 테지만, 주인공의 상황은 사뭇 다르다. 두 사람이 만난 시점으로의 회귀는 거기에 의미를 부여하려는 남자 주인공 '당신'의 집요함으로 인해 좀더 복잡해지는 것이다. 철학자 로베르 미즈라이 Robert Misrahi가 강조하듯 반복을 위한 근거를 마련하겠다는 무의식적인 욕망 같은 게 아니라면 대체 무엇을 향해 그는 그토록 집요해져야 한다는 말인가.[1] 작품에 언급되는 키스와 코카인은 이에 대한 절묘한 비유일는지도 모르겠다. 코카인을 한 번도 경험해본 적 없는 주인공 '당신'은, 코카인이 '감각기관'을 극도로 예민하게 만들어준다는 친구—그런데 이 친구 역시 코카인을 딱 한 번 아주 조금 흡입해봤을 뿐이다—의 말을 인용한다. 이렇듯 미세한 경험만으로도 큰 힘을 발휘한다는 코카인은, 함께 나누었던 키스의 순간 못지않게 달콤하고 짜릿한 것이며, 그 순간을 머릿속으로나마 소생시키고자 하는 '당신'의 욕망, 즉 사랑이 시작된 그 순간을 날짜로 기억해보려는 '당신'의 집요한 의지는 사랑과 죽음 사이의 아주 밀접한 연관성을 나타낸다. 시작이 곧 끝이라고 누가 말했나. 침묵으로라도 끝이 환기되지 않는다면, 시작 역시 환기될 수 없는 법이다. 리비도 에너지는 사랑과 죽음, 이 두 가지 모두에 공통적으로 작용하는 것. 이 소설의 결

1 Robert Misrahi, "L'amour sans la mort", in *L'amour la mort*, sous la direction de André Durandeau, L'Harmattan, 1995.

말이 우리의 해석에 신빙성을 더해줄 것이다.

사랑은 언제 시작되었던 걸까,라는 끈질긴 물음에 대하여

사랑에 대한 집요한 물음은 이승우의 작품 세계를 관통한다고 해도 틀리지 않을 것이다. 불행한 사랑, 시련을 겪게 하는 사랑, 이루기 어려운 사랑, 그 안에 갇혀도 좋을 사랑, 사랑받지 않기 위해 사랑하지 않는 사랑…… 적어도 겉으로 보기에 『욕조가 놓인 방』은 바로 이 같은 주제를 나누고 있다. 여행 가이드인 '그녀'와 '당신' 사이에 사랑이 언제 어떻게 시작되었는지를 질문하는 주인공의 기억 소급 여행은 그 시점이 정해져야만 비로소 긴 여정이 끝날 것이다. 기억 속 여행에는 가이드도, 그 어떤 말도, 설명도 없다. 기억에 간절히 매달리는 건, 그것을 찾을 수 있다고 생각하기 때문일까. 장베르트랑 퐁탈리스Jean-Bertrand Pontalis[2]의 저서 『시작으로서의 사랑*L'amour des commencements*』에서 나는 이런 구절을 만난다. "내가 이 책을 쓰기로 한 건, 오로지 스스로 열리기를 바라는 여러 가지 길을 통해 열정이란 무엇인가를 이해하고 그것에 닿기 위함이다. 이따금 나는 그 열정이 겉보기엔 그와 아무 관련 없는 모든 고통을 내 안에서 명령한다고 상상해본다. 이를테면, 사랑에 대한 근심 같은 것이 그렇다." 이어서 그의 문장은 이렇게 끝난다. "위치가 바뀌고 잘 알려

2 프랑스의 정신분석가이자 작가(1924~2013).

지지 않았을 뿐 우리에게 영향을 주는 원인은 오직 한 가지이다. 우리의 고통 한가운데를 차지하는 괴로움이란 언제나 같은 것, 언제나 유일한 것이다."[3]

이 말은 어쩌면 이 작품의 모티브가 될 수 있을지도 모른다. 『욕조가 놓인 방』의 '당신'은 『그곳이 어디든』 못지않게 황망한 H시로의 발령을 계기로 이미 지나버린, 위치가 바뀌어버린 사랑과 그때의 잊을 수 없는 키스를 떠올린다.

생명의 동작—바다 앞에서의 키스—은 옛 애인의 방 한가운데를 점령한 욕조 속 고인 물로 이어진다. 기억은, 두고 간 액자와 면도기를 되찾으러 '그녀'의 아파트를 다시 찾은 그에게 이렇게 되살아난다.

몸의 등장과 언어의 자리

『욕조가 놓인 방』에서 몸은 작가의 다른 작품에서는 볼 수 없었던 고유한 자리를 차지한다. 다른 소설에서도 언뜻언뜻 드러나던 몸이라는 주제는 이 작품에서 두 인물을 결합했다가 분리시키는 중재자의 역할을 맡는다. 여타의 작품에서 종종 질병이나 감금 등을 통해 억압되던 몸은, 이제 스치는 손, 몸으로 곡선을 만드는 춤 동작 등에 의해 '당신'과 그녀 사이에 관계를 구축한다. 그러나 이 몸은 지속되지 못한다. 이것은 욕망이 없는 몸

3 Jean-Bertrand Pontalis, *L'amour des commencements*, Gallimard, 1986.

이요, 욕망을 불러일으키지 못하는 몸이며, 검열된 몸이다. 이 미완의 몸을 언어가 대신하면서 의사소통의 매개로 여겨졌던 몸은 이내 패배한다. "당신(주인공)[4]은 몸의 직접성에 의존한 소통의 기능을 신뢰하지 않는 편이었다"(p. 59, 괄호는 인용자). 사랑의 동작에서 언제나 혐오의 대상이기만 했던 몸(『생의 이면』 『한낮의 시선』 『식물들의 사생활』 등의 경우)은 이렇게 말에게 자리를 내어준다. 주인공의 아내가 그녀의 몸을 거부하는 '당신'의 피해자일 때, 그녀의 몸은 또 다른 양상을 띤다. "말을 하려고 하는 순간, 말에 의존하려고 하는 순간, 소통에 문제가 발생했다"(p. 55). 우리가 사는 세상에는 몸을 위한, 말을 위한 탈출구가 없다. 몸과 말은 장소도 시간도 공유하지 않는다. 그러므로 우리 세상의 시간이 아닌 다른 시간으로 미루어져야 한다. 이렇게 인간들 사이의 관계를 만들어내는 의사소통이 불가능해질 때 남은 것은 타자의 출현이다. 이 출현이 모든 것을, 다른 기능들을 대신하며, 인간은 이 기능들을 뒤쫓는다. "같은 생각을 하는 사람을 만났을 때의 반가움이 놀라움 속에 섞여드는 걸 또한 당신은 읽었다"(p. 63).

'당신'이 기억해내려 애쓰는 행복한 시절들의 보호막을 뚫고 실제로 불쑥 나타나는 것은 칙칙한 염세주의이며, '당신'은 애매

4 이 소설은 중심인물을 2인칭 복수형 '당신'으로 적고 있는데, 이는 프랑스어 번역본에서 'vous' 다시 말해 2인칭 복수 존칭으로 번역되었다. 이로써 화자가 주인공에게 '당신'이라는 존칭을 쓰는, 작가 이승우에게서는 다소 희귀한 작품이 탄생한다. 덕분에 처음 이 작품을 읽었을 때 나는 화자와 주인공 '당신'의 시점을 혼동하기도 했다. 그런데 중심인물을 향한 '당신'이라는 존칭을 통해 자기 자신과의 거리 두기라는 제법 쓸모 있고 우아한 효과가 만들어짐은 부인할 수 없을 것이다.

한 방식으로 그것을 확인하고 있다. "듣는 사람이 듣고 싶은 대로 듣는 것처럼 읽는 사람은 읽고 싶은 대로 읽는다. 무엇보다도 얼마 전부터 서술과 이미지가 충돌하고 있다는 사실을 당신은 모르고 있는 것 같다. 당신이 늘어놓는 서술과는 상관없는 이미지들이 듣는 사람들의 머릿속에 형성되고 있다면 어쩔 것인가"(pp. 67~68).

작가가 던지는 영원한 질문. 글쓰기는 아무것도 해결해주지 않는다. 『생의 이면』의 「작가의 말」에서와 마찬가지로 그저 우리는 늪 속으로 계속해서 나아가야만 하는 것이다.

망설임, 사랑 앞에서, 글쓰기 앞에서

『욕조가 놓인 방』은 사랑에 열광하고 환호하는 소설과는 거리가 멀다. 물론 작가는 "사랑은 세상을 축소시키는 기술"(p. 81)이라고 말하고 있지만, 이는 사르트르가 『존재와 무』에서 '환희의 행동'이라고 말한 것이나 데카르트가 『정념론』에서 '영혼의 흔들림'이라고 묘사한 것과는 한참 멀리 떨어져 있다. 사랑에 대한 의심과 회의는 작품 첫 부분에서부터 시작된다. "당신은 지금 한 편의 연애소설을 쓰려고 한다. 아니, 그렇다기보다, 당신이 지금 쓰고 있는 소설이 한 편의 연애소설이 되기를 바란다. 혹은 그렇게 읽히기를"(p. 11). 주인공 '당신'에게는 작가라는 역할에 대한, 그가 가진 영향력에 대한 일말의 확신도 없다. 다만 그의 의도를 사람들이 알아주기만을 바랄 뿐인데, 그가 지금 쓰고 있는 작품이 사랑 소설인지 아닌지는 유일한 심판관인 독자가 결정할 일이라고 그는 지레 포기한다. 망설임은 지속된다. "당신이 늘어놓는 서술과는 상관없는 이미지들이 듣는 사람들의 머릿속에 형성되고 있다면 어쩔 것인가"(pp. 67~68).

여기서 다시 한번, 결정은 독자의 몫이 된다. 그런데 작가이자 화자조차도 결정하지 못하는 상황에서 독자는 과연 무엇을 결정한단 말인가? '사랑받는 것이 두려워서 사랑하기를 원하지 않는다'는 사실에 대한 확신을 주저하는 '당신'의 감정 속에서 흔들리고 있는 망설임에 우리가 빚진 것은 과연 무엇이란 말인가. 『식물들의 사생활』 속 우현, 『생의 이면』 속 박부길, 『한낮의 시선』 속 한명재, 그리고 『한낮의 시선』에 인용된 릴케가 공유하는 두려움. 이렇듯 『욕조가 놓인 방』의 기획은 세상에 나오기도 전에 이미 분해될 위험을 안고 있었던 것이다. 만일 작가가 소설의 마지막 장에서 또 하나의 가설을 제시하지 않았다면 더욱 그렇다. "아직도 당신은 당신의 이야기가 사랑의 기원과 그 진행 과정을 보여주는 데 바쳐질 거라는 희망을 가지고 있는 것 같다. 사랑은 어떻게 시작되는가, 그리고 어디를 향해서 가는가. 그러나 그 희망은 헛되거나 잘못된 것이다. 당신은, 사랑이 있기나 했던가? 하고 다시 질문해야 한다. 말하자면 사랑이든, 소설이든 처음부터 다시 시작해야 한다"(p. 99). 이 가설에는 다분히 유머가 섞여 있음을 부인할 수 없겠다.

그건 그렇고, 아주 중요한 한 가지 요소 앞에서 잠시 멈춰보자. "당신의 부담은 감정의 상태로부터 비롯한 것이 아니라 차라리 의지의 활동이었다"(p. 17). 이 의지가 무엇으로 이루어졌는지, 의지는 어떻게 구성되는지 화자는 아무것도 말해주지 않는다. 우리는 그것을 압도하고 자유의지를 무(無)로 만드는 감정에 저항해야 하는 걸까? 과연 우리는 의지를 '우리 행동을 결정하는 내적 힘'이라는 일차적 의미로 이해해야 할까. 아니면 쇼펜하우어적 의미에서, 맹목적이며 보편적으로 살고자 하는 욕망, 살고 싶은 욕망의 표현으로 이해해야 하는 걸까. 이 경우 우리는 사랑하기, 사랑받기라는 것은 옴짝달싹할 수 없게 사람을 가두어 결국 죽음처럼 치명적인 개념이 된다는 이치를 좀더 잘 이해할 수 있게 된다. 사랑하는 것, 그것은 곧 죽음이다. 사랑하는 것, 그것은 생명의 도약을 부러뜨려버린다. 섹슈얼리티가 제거된 남녀의 만남에서 우리는 이를 확인할 수 있다. "여자는 물처럼 물이 뚝뚝 떨어지는 몸을 당신 몸 위에 얹었다. (……) 그러나 그래도 흥분되지 않기는 마찬가지였다. 흥분도 되지 않는 몸으로 여자의 몸을 안고 있는 일은 몹시 성가신 일이었다." 『생의 이면』이나 『그곳이 어디든』에서도 역시 섹슈얼리티를 향한 혐오가 다분히 엿보인다. "당신은 그녀의 몸을 안고 있는 내내 불편했고, 어떻게 해야 할지 몰라 여자의 몸을 밀쳐내곤 했다"(p. 94), "도무지 욕정이 일어나지 않는 몸이었다"(p. 84) 등의 구절에서 혐오는 더욱 명징해진다. 만일, 에로틱한 사랑도 필리아도 아니라면, 이 사랑은 도대체 뭐란 말인가? 그것은 어쩌면 기억으로, 더 정확히 말해 무의지적 기억, 레미니상스réminiscence로 이루어진 사랑일까? 플라톤이 영감을 받았을 그런 사랑. 한때, 뒷걸음질친 시간 속에서 이런 사랑이 있었던 적이 있었다. 기억이 닿지 않거나 간헐적인 섬광으로만 닿았던 시간에, 우리가 기억이라고 믿는 것과 거짓말이라고 믿는 것 사이의 혼돈을 만들어내는 시간. 그 시간 이래, 지속되는지도 모르는 채 저절로 지속되고 있는 사랑은 스스로를 속이기 위해서 끊임없이 새로운 형태를 만들어간다. 레미니상스, 추억을 추억하는 행동이 실제 있었던 것처럼 보이는 사랑 이야기를 들려주는 인물에게 진행되고 있으며, 소설은 몇 차례에 걸쳐 이를 확인한다. 연인들은 '마음을 나누'는 것 같지만, 이어지는 "당신은 이 소설을 사랑 이야기로 채우려 하고 있다"(p. 67)라는 화자의 선언은 독자에게 또 다른 단서를 들이미는 것이다. 마치 이 선언을 통해서 화자가 천천히 의식을 되찾듯이. 그리고 또 다른 단서. "한 달째 되는 날, 당신은 집을 나왔다. 밤의 물소리를 더 이상은 견딜 수가 없어"(p. 94). 밤의 물소리를 더 이상 견딜 수가 없었다는 말은 무엇을 환기하는 걸까? 이것은 인물이 거부한 관계 속으로의 감금, 자유의 침해를 말하는 걸까? "기다리는 사람이 되었다는 것은 더 이상 당신이 자유롭지 않다는 뜻"(p. 75)일 뿐 아니라, "사랑은 세상을 축소시키는 기술"(p. 36)이라고 작품은 말하고 있다. 여기서 쇼펜하우어[5]가 인용한 바 있는 샹포르[6]의 말은 아주 중요한 의미를 갖는다. "남자와 여자가 서로에게 열정적일 때, 남편, 부모 등 두 사람을 갈라놓는 장애물이 무엇이든 간에 연인들은 인간 세상의 법칙이나 관습에 아랑곳없이 자연이 정한 신성한 권리를 누린다

5 Arthur Schopenhauer, *Métaphysique de l'amour*, trad. Marianna Simon, Le Seuil, 1964.

6 Sébastien-Roch Nicolas de Chamfort(1741~1794). 프랑스 시인—옮긴이.

고 볼 수 있다."

그러나 "모든 연인들은 저마다, 마침내 만족을 얻은 뒤에도, 크나큰 실망을 맛볼 것이다"라고 말하는 쇼펜하우어에게서 우리는 사랑의 희망을 찾기 어렵다. 그보다 '당신'이라는 인물의 내적 갈등을 가장 잘 대변해주는 것은 아마도 니체가 아닐까. "내 안의 달랠 수 없는 이것, 내 안에서 달랠 길 없이 목소리만 높이게 하는 것은 도대체 뭐지? 사랑을 향한 욕망이 내 안에서 사랑의 언어를 속삭인다. 나는 빛이다. 아, 나는 밤이 아니란 말이다! 그런데 빛으로 나를 휘감는 것은 바로 고독이다."[7]

사랑은 마트료시카

이것은 미련, 지나간 사랑의 추억을 붙드는 것만이 유일한 목적인 미련퉁이 사랑인 걸까? 『지상의 노래』에서 박 중위가 주일학교 여선생에 대한 기억으로 연희에게 사랑에 빠지는 모습에서, 강도는 조금 낮아도 『식물들의 사생활』에서 정치인과의 이룰 수 없었던 사랑을 잊기 위해 결혼한 어머니의 모습에서도 이런 상황을 만난 적 있다. 『욕조가 놓인 방』에서 사랑을 방해하는 것은 너무 도드라진 물소리이다. 때로는 정신의 평정 상태에 가까운, 너무나 평화로운 나머지 아타락시아에 가까운 이 사랑이 우리에게 감추고 있는 것은 무얼까? 진실이 되는 것, 솔직해

7 Friedrich Nietzsche, *Ecce homo*, trad. Henri Albert, Mille et une nuits, 1997.

지는 것? 어쩌면 이 내면의 평화는 '당신'이 기왕증(旣往症) 상태에 빠졌다는 데서 비롯되는 걸까? 그는 기원을 찾고, 그의 기억 속에서 사랑이 태어난 단서들을 길어 올려보지만 끝내 찾아내지 못한다. 그의 기억은 혼란스럽다. 기억은 복원되지 않으며 그가 지나온 단계들을 되살려주지 않는다. 그의 기억은 플라스틱이다. 정착지를 결코 찾지 못한 채 기억의 모험은 끝난다. 기억은 액체가 된다. 물결치는 세상 속에서 액체가 되어버린 기억. 액체 사회[8] 속에서, 사회적이며 사랑하는 관계들은 전부 손에 잡을 수 없는 물체가 된다. 이렇게 변한 기억은 현대 사회가 강요하는 것들과 손잡고 필요에 따라 개인을 무작위적으로 복종시킨다. 시간과 속도에 따라 분절된 개인은 이렇게 영원히 자기만의 기억을 찾아나간다. 만남, 사랑, 타인과의 관계들은 플라스틱 쪼가리가 되어, 상호 교환이나 제거가 가능해지면서 유일신의 세상, 숨 막히는 시간성 속에 결코 고정되는 법이 없다. 우리가 사랑하는 것은 사랑했던 기억이다. 기억 속으로 뛰어드는 것은 현대 사회의 속성들을 파괴할 인간적 면모를 유지하는 데 없어서는 안 될 단계이다. 인간적 감정을 부르짖는 우리 사회의 다공성이 이토록 강렬했던 적이 또 있었던가. 사생활 한 순간 한 순간을 분말처럼 세분화하는 것은 원시의 시간으로 되돌아가야 할 필요성을 쉼 없이 환기한다. 기원으로 돌아갈 필요성. 그런데 기원이라는 것, 그것은 물이다. 바다다.

8 여기서는 지그문트 바우만의 액체 사회, 액체 사랑 등에 대한 저서를 참고하였다.

언제나 다시 시작되는 바다, 바다의 키스

"언제나 다시 시작되는 바다,"[9] 무한보다 더 깊은 바다, 푸른색보다 더 검은, 수심에 잠긴 고요의 바다. 바다, '당신'과 여행 가이드 '그녀'가 주고받은 키스의 유일한 관객. 바다, 바다는 모든 것을 예견하지만 바다 앞에서의 키스는 아무것도 예견해주지 않는다. 왜냐하면 이 바다는 헤라클레이토스의 유동설을 증명하는 바다가 아니기 때문이다. 가스통 바슐라르의 표현을 빌리자면, 바다는 차분하고, 호수에 고인 물처럼 미동이 없다. 바다의 빛깔은 어두워서 그것이 감추고 있는 것으로 자기 안에 스스로 녹아드는 욕망을 속성으로 우리를 매혹한다. "바다, 언제나 다시 시작되는 바다"가 죽음의 키스를 선사한다. 키스를 주고받는 것을 바다가 보았다고 해서 바다가 그들의 공모자가 되는 것은 아니다. 바다는 그저 바라볼 뿐, "인간이 불행해하는 순간을 의지로 인한 비극으로부터 떼어내며 가라앉혀줄 뿐".[10] 바다는 방 한가운데 이상하게 자리 잡아 화자의 모든 에너지를 빨아들이는 것만 같은 욕조 물처럼 평온할 뿐이다. '당신'에게 도무지 참을 수 없는 대상이 되어버린 이 욕조의 물소리는 어쩌면 함정일는지도 모른다. 그런데 이 함정으로 고통받는 것은 누구일까? 멀리서 들려오는 이 목소리는 누구의 것일까? 욕조, 즉 물로 만든 관이 양수를 담은 자궁처럼 '당신'을 끌어당기고, 고여 있어 움직

9 Paul Valéry, "Le Cimetière marin", *Poésies*, Gallimard, 1966.
10 Arthur Schopenhauer, *Ibid*.

임 없는 물이, 출렁이는 물보다 한결 나은 물이 육체를 맞이해 해체를 거든다. 한번 바라볼 때마다 우리는 새롭게 죽는다. 물은 총체적이다. 물은 삶뿐 아니라 생의 마지막 거처를 제공한다. 원시 종교 문화에서 생명을 주고, 목을 축여주고, 재생시키고 깨끗이 걸러주고, 사면하며 영원한 휴식을 맞이하게 해주는 것은 바로 물이다. 그 총체성으로 인해, 애초에 어머니와 연결된 원초적 나르시시즘 속에서 죽음은 물의 일부가 된다.[11] 바로 여기 우리가 있는 것! 어머니, 끝없이 다시 시작되는 어머니.

사랑을 하지 않는, 아니면 레미니상스의 구실에 지나지 않는 이 사랑 이야기에서, '당신'은 그의 기억 속을 헤매는 산책으로 우리를 초대한다. 대지가 우리에게 평지를, 산이 웅장함을, 공기가 감정을 주듯, 물은 우리를 기억 속으로 데려가준다. 중국 우주론에서 물은 북쪽, 음, 깊이, 검은색, 기억에 연관된다. 우리가 좀더 앞으로 나아가 가던 길을 내처 걷기로 할 때, 기억은 복잡한 것을 정리하는 작업이 된다. 산책 속에서 '당신'은 불구의 사랑에 대한 기억을 길어 올린다. 타인의 몸이 새겨질 수 없었던 상태로, 그럼에도 아로새겨진 사랑. 육체가 없는 사랑. 프랑스어로 번역된 이승우의 작품들 중에선 처음으로,[12] 몸은 이렇게 작가에게 혐오감이 아닌 다른 것을 대면하게 한다. '당신'은 카페에서 춤추는 여자의 볼록한 엉덩이를 만져보고 싶어 하거나(p.

11 Gaston Bachelard, *Ibid*.

12 구태여 이 설명을 덧붙이는 것은 프랑스어판 작품들이 한국어 원작들의 출간 순서와 일치하지 않기 때문이다.

54), 몸을 통한 의사소통의 가능성을 인정하기도 하면서(p. 60), 말은 알아듣지 못하나 몸은 알아들을 수 있는 것들을 깨달아간다. 현대 문명 속에서 욕망과 결핍 사이의 크레바스clivage가 만들어낸 불충분함. 이렇듯 『욕조가 놓인 방』은 결핍에 대한 짧은 소설이다. 다시 말해, 이것은 우리를 갈망하게 하면서 우리가 놓쳐버린 것에 대한 소설이다.

우리는 물에 잠겨 죽고 다시 태어나며 새로워진다

이 작품에는 물이 넘쳐흘러 주인공 역할을 맡기도 한다. 때로는 바다로, 때로는 비로, 때로는 방 안에서, 끝나버린 사랑 이야기 속에, 욕조 속에 물이 고여 있다. 물은 기억이다. 물의 속임수로 화자는 진작에 끝나버린 만남을 되살려본다. 카타르시스와도 같은 기억. 이 사랑에 대한 정화 작용은 지상의 모든 사랑에게 유효하다. 연인들의 육체를 담보로 한 사랑은 일시적 삶만을 유지할 뿐, 한번 만족을 채운 욕망은 곧 거부감과 무관심에 조용히 자리를 내어주고 떠나는 법. 중요한 것은 사랑의 기억일 뿐, '당신'이 그녀의 집 안을 거니는 행위는 그곳으로 두 번 다시 돌아오지 않기 위한, 다시 말해 사랑에게 작별을 고하기 위한, 마지막 방문이자, 과거의 흔적을 간직한 장소에 대한 마지막 조사 작업일 것이다. 그러나 그곳을 떠나기 전 욕조에 몸을 담그며 그는 스스로를 씻어낼 필요가 있다.

그녀가 '당신'에게 메시지를 보내서 집을 떠나기 전 두고 간 두 가지 물건을 가지러 오라고 한다. 하나는 육체와 정신의 정화를 돕는 것으로 잘 알려져 있어 속죄자들이 불 위를 걷기 전에 사용한다는 배롱나무 액자이며, 또 다른 하나는 면도기이다. 이것은 성경에서 「레위기」의 한 구절("정결함을 받는 자는 그 옷을 빨고 모든 털을 밀고 물로 몸을 씻을 것이라 그리하면 정하리니"[13])과, 희생된 붉은 암송아지 에피소드 다음에 오는 구절("송아지를 불사른 자도 그 옷을 물로 빨고 물로 그 몸을 씻을 것이라"[14])을 환기한다. 화자에게 이 두 물건은 물론 자기 정화의 의미가 있을 것이다. 미르체아 엘리아데는 물이 치료하고 젊음을 가져다주며 영원한 삶을 보장한다고, 이 영원한 삶보다 죽음이 선행되어야 한다고 말한다. "침수는 인간적 차원에서는 죽음이지만, 우주적 차원에서는 재난"[15]인 것이다. 한동안 여자의 집 안을 거닐던 '당신'은 그의 기억 속에서처럼 욕조 물 속에 몸을 담근다. 더 정확히 말하자면, 그는 "물속으로 머리를 집어넣는다". 종교에 따라 방식에는 조금씩 차이가 있겠으나 우리가 여기서 떠올리는 것은 세례식의 이미지일 것이다. 만일 우리 생각처럼 소설 『욕조가 놓인 방』이 사랑에 고하는 작별 인사라면, 만일 "물에 잠기는 것이 형태가 있기 전으로의 후퇴를 상징한다. [……] 그것은 형태의 용해와 같다"[16]라고 한다면, 욕조 물에 잠

13 「레위기」 14장 8~9절.
14 「민수기」 19장 8절.
15 Mircea Eliade, *Traité d'histoire des religions*, Payot, 1949.
16 *Ibid*.

긴다는 것은 이 과정을 거쳐 용해된 다음 다시 태어나는 행위에 해당할 것이다. 그런데 이 재생은 언제나 같은 방법으로 일어나지 않는다. '당신'은 자궁 같은 욕조, 최초의 사랑이 이루어진 장소, 조건 없는 유일한 사랑, 바로 거기서 주체가 재생할 여지가 있을 때면 어김없이, 서서히 다시 태어나는 곳 속으로 잠겨 들어간다. 일찍이 카를 구스타프 융이 자궁으로의 회귀로 접근했던 정화의 방식, 세례는 정화를 환기하는 잠김인 동시에 죽음과 재생이기도 한 것이다. 융은 그의 여행기[17]에 이렇게 썼다. "세례당 서쪽 네번째 모자이크가 가장 인상적이어서 우리는 그것을 마지막으로 바라보았다. 그 모자이크는 물에 몸을 담그는 성 베드로에게 손을 내미는 예수를 표현하고 있었다. [……] 우리는 원초적 세례식에 대해서, 특히 실제로 죽음의 위험을 지닌 이 놀라운 세례 의식에 대해서 의견을 주고받았다. 이와 같은 입문식은 종종 생명을 위험에 처하게 하는데, 이는 죽음과 부활에 대한 원형적 개념을 설명해준다. 근본적으로 물에 몸을 담그는 세례식은 익사, 죽음의 위험을 환기하는 것이다." 미르체아 엘리아데 역시 "세례식에서 물속에 잠기는 것은 그리스도의 매장과 동일한 행위"라고 확인한 바 있다. 이어서 성 바오로를 인용한다. "무릇 그리스도 예수와 합하여 세례를 받은 우리는 그의 죽으심과 합하여 세례를 받은 줄을 알지 못하느냐"(「로마서」 6장 3절). 엘리아데는 이제 이렇게 설명한다. "상징적으로 인간은 물에 잠김으로써 죽고 다시 태어나고 정화되고 새로워진다. 그리스도가 그의

17 Carl-Gustav Jung, *Ma vie*, Gallimard, 1967.

무덤에서 부활하셨듯이."

언제나 그랬듯, 출발점으로 되돌아와야 한다. 지나간 사랑에 대한 환상을 깨끗이 물로 씻어낸 '당신'은 그보다 더 큰 사랑, 즉 신에 대한 사랑을 준비할 것이다. 기억으로부터 자신을 씻어낸 그가 준비하는 것은 새로운 사랑, 다가올 사랑이 아니다. 사랑은 모성애와 더불어 그에게 이미 존재해 있었으므로, 비슷한 일은 일어날지언정 똑같은 일이 반복될 수는 없는 법이다. '당신'과 여행 가이드인 그녀 사이의 사랑을 궁극적으로 소멸시킨 것은 다름 아닌 반복이 아니었던가. 일상의 반복, 좀먹는 강박처럼 매일 똑같이 다시 찾아오는 지긋지긋한 나날들. 아니다! 사랑을 소멸시킨 것은 반복일 수가 없다. 사랑이 반복될 수 있다고 믿는 생각이 사랑을 소멸시킨다. 오로지 신의 사랑만이 반복될 수 없는 이유가 여기에 있다. '어느 순간에 사랑이 시작되었는지' 찾으려 했던 '당신'은 이내 이 순간을 기억하기 어렵다는 것을 인정하고야 만다. 그런데 사랑이 영원할 것이라는 생각을 단죄하는 것은 다름 아닌 사랑이 언제부터 시작되었는지 알 수 없는 불가능성이다. 키르케고르가 그랬듯 소설 속 '당신'은 현재 겪고 있는 사랑을 과거에 둔다. 지금 이 현재는 이미 과거이므로 이 현재는 현재로서 지속될 수 없고, 오로지 기억으로만 살아남을 수 있다는 것을 그는 이미 알고 있다. 결국 우리가 이렇게 살아가는 건, 기억을 만들어내기 위해서가 아닐까. 새삼스럽게 떠오르는 영화 「해리가 샐리를 만났을 때」의 한 장면. 해리는 샐리에게 이렇게 말했다. "많이 생각해봤는데, 당신을 사랑해……" 사랑이란 이렇게 숱한 고민과 기억이 있은 다음에 비로소 엉금엉금 찾아오는 것!

결핍과 자기 패배의 감정에서만 태어나는 감정, 사랑

확실히 이 점에 대해 우리는 『한낮의 시선』을 주목할 필요가 있다. "그럴 때 기억의 임자몸은 매우 힘든 동통에 시달리게 되는 거고. 바닷물을 다 퍼내든지 바닷물 속으로 몸을 집어넣든지 해야 하니까. 젊은 친구가 지금 겪고 있는 것이 그 일 아닌가" (『한낮의 시선』, p. 37). 바다로부터 기억이 연결되고 바닷속으로 사라지면서 우리는 비로소 그 기억에서 빠져나올 수 있다. 어린아이가 태어나는 순간 받았던 가장 고결한 사랑, 엄마와 하나가 되는 사랑이 세계가 되고 전체가 될 때 비로소 가능하다. 작품 속 '당신'은 사랑이 세상을 축소시키는 기술이라고 말하지만 진정한 축소는 어머니로의 축소가 아닐까. 다시 한번 『한낮의 시선』으로 가보자. 이 작품에서 우리는 화자의 고백에 주목한다. "어머니는 자신의 전적인 헌신과 철저함으로 나의 세계에서 아버지의 필요를 몰아냈다. 〔……〕 어머니는 어머니이기만 한 것이 아니라 아버지이기도 했기 때문에 완전했던 것이다"(같은 책, p. 52). 지상의 그 어떤 사랑도 어머니의 사랑, 어머니를 위한 사랑을 소멸시킬 수 없다. 물론 여기서 말하는 건 실제 어머니가 아니라 모성의 이마고이다.

욕조 물 속에 몸을 담그며 화자는 키르케고르가 "반복이 없다면 삶은 무엇이 될 것인가?"[18]라고 반문했던 것, 반복의 가능성에 종말을 고한다. 한 번이라도 지상에 알려진 사랑은 반복되어선 안 된다. 이처럼 『욕조가 놓인 방』은 작가의 다른 작품들 속에서 우리가 이미 살펴보았다고 생각하는 것들을 다시 한번 확인해주는 작품이다. 사랑은 우리 눈을 잠시 멀게 하지만, 영원히 머물진 않는다. 사랑은 시간 속으로, 바다의 무한 속으로 녹아드는 것이다. 그 어떤 사랑도 어머니의 사랑을 치환할 수는 없다.

앞서 우리는 절대 순수의 상태 속에 사랑을 붙들어두는 일의 불가능성에 대해 살펴보았다. 마야의 피라미드를 찾은 '당신'. 푸른 조명에 비친 깃털 달린 뱀 쿠쿨칸을 바라본다. 깃털 달린 뱀은 마치 살아 움직이는 것만 같다. "차가운 피를 가진 날개 달린 큰 뱀"(p. 79), 용의 먼 친척, 춘분이 되면 움직이는 것처럼 보이는 이 깃털 달린 뱀은 화자와 여자 사이에서 움찔거리는 불안정한 감정의 현현일 것이다. 여행 가이드가 들려주는 마야인들의 우주관은 이를 더욱 확실히 확인해준다. 얘기는 이렇다. 창조주가 네 방위에 위치시킨 네 명의 바캅들이 하늘을 떠받치고, 하계의 신 볼론티쿠가 여러 신성을 응축해 천상의 신 옥슬라운티쿠를 공격한다. 옥슬라운티쿠의 휘장이 찢어지자 갑자기 엄청난 물살이 들이닥쳐 세상이 물에 뒤덮인다. 하늘을 떠받치고 있던 바캅들마저 달아나자 급기야 하늘이 땅 위로 무너져 내린다. 성경 속 대홍수를 방불케 하는 이 홍수는 마야 세계의 종말이었

18 Søren Kierkegaard, *La Répétition*, trad. Jacques Privat, Payot-Rivages, 2003.

다. 여행 가이드가 들려준 이 이야기가 '당신'으로 하여금 그의 발견을 더욱 공고히 해준다고 보아도 무방할 것이다. 첫눈에 반해버린 감정(다소 천박한 표현이라 해도 달리 부를 방법이 없다!)이 그가 간직해온 신념들을 뒤흔들고 있다. 아내와의 관계가 원만하지 않은 그가, 사랑받는 게 두려워 사랑하기를 원치 않던 그가, 이제 흔들리고 무너져 내리고 있는 것이다. 온 세상이 무너져 내릴 때, 지난 일이든 앞으로 닥칠 일이든 사랑은 어쩌면 인간이 맞서고 저항해야 할 유일무이의 감정인 걸까? 그러니까 사랑은 그 어떤 자극제도 효력을 발휘하지 못하는 상황에서라도 무에서부터 저절로 태어날 수 있는 걸까? 가이드의 차분한 설명을 들으며 화자가 바라보는 깃털 달린 뱀은 바다 거품에서 태어난 여신, 비너스[19]와 연결된다. 비너스(그리스 신화에선 아프로디테라 불린다)를 깃털 달린 뱀에 연결 짓든, 아니면 용과 연결하든 놀라운 일은 아니다. 사랑과 다산의 여신과 바다의 수호신 뱀은 다수의 문명과 신화 속에 빈번하게 등장하기 때문이다. 젊음과 미의 화신 비너스는 가장 아름다운 여신으로 인정받았으나 불과 대장간을 지키는, 신들 중 가장 못난이 불카누스와 결혼하고, 둘 사이에서 사랑의 화살을 쏘는 익살꾼으로 알려진 큐피드[20]가 태어난다. 마야 신화와 인접한 그리스 신화에서 우라노스(하늘)는 가이아(땅) 위에 포개지는데, 둘이 좀체 떨어질 줄 모르는 통에 가이아의 배 속에서 나온 티탄들은 독립성을 얻지 못한다. 우라

19 멕시코 역사박물관 학예사 엔리크 오르티츠 란츠Enrique Ortiz Lanz 참고.
20 신화에 따르면 큐피드의 아버지는 마르스이거나 불카노스이다.

노스가 덮고 있는 상태를 더 이상 견디지 못한 가이아는 급기야 아들 크로노스에게 도끼를 주어 아버지에게 맞서라고 말한다. 그리하여 크로노스는 우라노스를 거세하고 그의 남근을 어깨 너머로 던져버린다. 피 몇 방울이 번지면서, 거기서 수많은 신성이 탄생한다. 거세의 고통에 비명 지르며, 우라노스는 가이아에게서 마침내 떨어져 하늘로 올라가 땅과 정확히 똑같은 위치에 자리 잡는다. 이렇게 해서 크로노스는 어머니의 잔꾀에 힘입어 땅과 하늘을 갈라놓는 데 성공한다. 엄마와 아들의 공모는 부권 중심 세계에 종말을 고하고 어머니와 아들 사이의 결속을 강화하는 계기가 된다. 크로노스가 거세해서 버린 남근에서 뿜어져 나온 정액이 바다에 뿌려지고, 거기서 탄생하는 것이 바로 여신 비너스다.[21] 사랑의 여신은 이렇게 가이아의 배신과 우라노스의 고통 사이에서 태어났던 것. 사랑은 고통을 딛고 태어난다. 사랑은 존재의 결핍, 부족함, 자기 패배의 감정에서만 태어나는 법이다. 마야의 피라미드 한가운데서 신들의 석상을, 세상의 종말을 막을 줄 몰라 괴로워하던 신들의 고통을 바라보며 오히려 사랑의 순간을 맞이하던 바로 '당신'처럼.

이 작품은 열쇠를 제시하지만 출구를 내어주진 않는다. 갔던 길을 되돌아와 사랑은 언제 어떻게 시작되었는지를 묻는 페이지를 신중하게 다시 읽어볼 필요가 있을 것이다(p. 30). 스탕달의 『연애론*De l'Amour*』의 한 챕터인 「사랑의 탄생」과 달리 '당신'이

21 Jean-Pierre Vernant, *L'Univers, les Dieux, les Hommes*, le Seuil, 1999.

자세히 들려주지 않는 '당신'과 그녀 사이 사랑의 시작. 이 회귀는 이 사랑이 시작된 지 채 얼마 되지도 않아 끝나버렸다고 추측하는 데 일말의 도움을 주기도 한다. 화자는 연인들을 구원파와 불가지론자들에 빗대어 구분한다. 구원파들은 다시 둘로 나뉜다. 자기가 구원받을 시간과 날짜를 정확히 아는 사람과 날짜를 정하기 위해 하느님께 의지하는 사람들. 반면, 불가지론자들은 시간에 얽매이지 않고 두 사람 사이에 사랑이 스며드는 모습을 바라본다. '당신'에게 사랑은 시작과 함께 끝난다. 적어도 우리가 읽기로는 그렇다. 사랑이 시작되자마자 카운트다운이 시작되고, 구원이라는 착각의 끝은 벌써 시작되고 있는 것이다. 이 소설의 주인공들 역시 이를 모르는 바 아니다. 그렇지 않다면 바다 위에서 일렁이던 달빛은, 그리고 첫 키스를 하는 순간 그녀가 이렇게 말하는 것은 무슨 까닭에서란 말인가. "죽을 수 있을 것 같아요"(p. 29). 그들의 사랑은 탄생과 동시에 죽을 작정이었나. 여자의 말에 '당신' 역시 지금 죽을 수 있을 거라고 고백한다. 전체가 이미 드러난 마당에 행동을 연장하는 것이 도대체 무슨 소용이란 말인가? 단 하나의 동작 속에 시작과 끝이 전부 들어 있다. 달빛이 수면에 비칠 때, 그녀는 말한다. "달빛이 우리 안으로 들어왔어요. 그러니까 우리 안으로 길이 난 거지요"(p. 29). 이처럼 물에 잠긴 몸들의 만남은 여성-어머니의 만남이다. 존재의 욕망과 성취할 수 없는 것을 멀리 데려가기도 전에 완전히 덮어버리는 물-어머니-죽음. '그녀'의 입에서 흘러나오는 바슐라르[22]의

22 Gaston Bachelard, *Ibid.*

말, "물은 멀리 옮겨지며 세월처럼 지나간다"(p. 66)는 여기서 유효해진다.

"행복한 사랑은 없다"라고 프랑스 시인 조르주 브라상Georges Brassens은 노래했다.

행복한 사랑은, 그래도 있지 않을까.

플라톤과 스피노자 중 누군가를 선택하는 일만이 남아 있을 뿐이다.

옮긴이의 말

이것은 생애 절반을 대학 강단에서, 평생을 문학 작품과 더불어 보낸 한 노장이 사랑한 작가와 그의 작품에 대한 책이다. 프랑스인 노장의 이름은 장클로드 드크레센조, 하지만 그와 가까운 사람들은 '장클로드'라는 본명 대신 '장길도'라는 무척 정직하고 소박한 한국 이름으로 부른다. 그리고 그가 사랑한 작가는 한국 문단에 익히 알려진 소설가 이승우. 프랑스 학자와 소설가 이승우가 어쩌다 인연이 닿게 되었는지 나로서는 모르는 일이다. 다만 나는, 이 책의 저자가 오랜 시간 몸과 정열을 바친 대학 강단에서 내려오기 몇 달 전, 무언가를 정리하는 혹은 시작하는 마음으로 집필한 원고를 나에게 내어줄 때 언뜻 엿본 형형한 눈빛과 세월이 아무리 흘러도 정년 퇴임을 모르는 순수한 문학적 열정을 기억할 뿐이다. 그렇게 건네받은 원고를 한 편 한 편 읽어가며, 작가 이승우에 대한 저자의 애정이라는 것은 어쩌면 유년에 바다를 향해 열린 도시 마르세유 교구에서 발견하여 저자의 마음을 빼근하게 했다는 최초의 문학적, 비평적 설렘과 통하는 것이 아닐까 짐작하고 있다.

이승우의 장편소설 여섯 권(『생의 이면』『식물들의 사생활』『그곳이 어디든』『지상의 노래』『한낮의 시선』『욕조가 놓인 방』)을 차례로 읽어나가는 이 책은, 문학비평의 잣대로 구분하자면 문학 주제론에 가깝다. 저자는 이승우의 소설 세계를 아우르는 것, 서로 다른 작품들을 일관적으로 관통하는 것, 그러나 작품 속에 술래잡기하듯 은폐된 것들을 찾아 마치 산책하듯, 탐색하듯 더듬어나가는데, 어둠과 고독, 방황, 작가의 당위성, 아버지, 방, 내적 체험과 성경 등이 이러한 과정을 통해 저자의 손에 마치 해석의 열쇠처럼 쥐여진다. 그리고 열쇠를 손에 쥔 저자는 이것들의 의미를 찾아 유럽 신화와 성경, 그리고 니체, 키르케고르, 쇼펜하우어, 바슐라르 등 저 유명한 유럽 철학자들의 상념 속으로 스스로 파고들며 독자들을 멀고 아득한 세상으로 다시 유인한다. 또한『식물들의 사생활』과『지상의 노래』읽기에서는 한국 근현대사를 프랑스 사회학자의 예리하고 고유한 시선으로 바깥에서부터 바라보며 비교사회학적 지평으로까지 나아가는데, 그런 면에서 이 책은 이승우의 작품 세계에 대한 비교문학·문화·종교·철학·사회학적 조명이라고 부를 수 있을 것이다.

문학비평가와 문학번역가의 공통점이 있다면 우리 모두 눈앞에 놓인 작품을 '읽어내야 할' 의무 앞에 외롭게 서 있다는 점일 것이다. 이 책의 저자가 "잃어버린 대지, 무서움으로부터 보호받는 세상, 자궁으로의 회귀, 신성한 바람을 간직하고 이따금 생생한 빛을 발하는 산, 그리고 모든 과오를 씻어 내려주는 비를 갈망하는 소설"(p. 113)이라고 이승우의 작품을 읽어낼 때, 번역가인 나는 이 유려하고 자욱한 설명을 제대로 읽어내기 위해 평론의 재료인 소설가 이승우의 세계로, 작가의 모국어인 한국어 원서로, 그리고 평론가의 모국어인 프랑스어 번역본으로, 그리고 다시 이 책의 저자가 환기하는 숱한 참조 문헌들의 세계로 소급하고 또 소급하지 않을 수 없었다. 그런 의미에서 이 작업은 직역과 의역이라는 문학 번역에서는 더 이상 적용될 수 없는 낡은 문법에서 벗어나, 텍스트의 특수성과 저자의 의중, 그 의중을 가능하게 만든 또 다른 무언가를 찾아 끝없이 거슬러 올라가는 비평적 번역의 시작이자 시련이며 체험이었음을 고백한다. 이 체험의 과정에 독자에게 미처 제대로 전달되지 않은 언어 혹은 오류가 있다면, 그것은 전부 옮긴이의 몫이다.

온 마음을 다해 쓰신 원고를 맡겨주신 '장길도' 선생님과 김혜경 선생님, 그리고 늘 그렇듯 번역의 숲 속을 행복하게 서성이는 엄마의 뒷덜미를 보며 오히려 단단하게 자라나는 아들 필립, 강아지 코난에게 고마움을 전한다.

2020년 9월

이현희